AUTORI ROMÂNI

ANDREI FILOTTI

CLIPE DE DURERE, CLIPE DE IUBIRE

Volumul IV

Vremuri noi

Editura Vremea
București
2024

Editura Vremea este acreditată CNCS, categoria B,
domeniul *Istorie și Studii culturale*

Coperta: Teodor-Alexandru Pricop
Credit foto: freepik.com
Redactor: Claudia Drăgănoiu
Corector: Alexandra Ciuciulin
Tehnoredactor: Dan Amza

Descrierea CIP a Bibliotecii Naționale a României
FILOTTI, ANDREI
Clipe de durere, clipe de iubire / Andrei Filotti. -
București : Vremea, 2022
vol.
ISBN 978-606-081-087-2
Vol. 4 : Vremuri noi. - 2024. - ISBN 978-606-081-208-1

821.135.1

Capitolul I

Andra sosise la București de la Valencia la ora 10. Era prima oară când venea în România după ce reușise să o salveze pe Despina, cu peste cincisprezece ani în urmă. S-a oprit în palatul Stoica de pe Bulevardul Lascăr Catargiu să se aranjeze și să se schimbe.

Deși păruse slăbită de dificultățile întâmpinate în tinerețe, Irina Stoica descoperise o nouă forță interioară după 1989, când inițiase o serie de acțiuni pentru redobândirea bunurilor familiilor Stoica și Agarici, confiscate în perioada comunistă. Reușise să recupereze proprietățile din București ale tatălui ei, comandorul Horia Agarici, precum și via și moșia lui Radu Stoica. Închiriase vila Agarici de pe Strada Andrei Mureșanu unei ambasade străine și celelalte proprietăți diferitor firme, arendase via de la Urlați și vânduse moșia. Avea o situație materială bună, dar eforturile ei principale erau îndreptate spre intrarea în posesia palatului Stoica. După 10 ani de strădanii reușise să-și recâștige drepturile și să evacueze locatarii; i-au trebuit încă doi ani să renoveze clădirea. Încetul cu încetul a achiziționat mobilă stil, încercând să-i redea strălucirea de odinioară, pe care Irina și-o imagina, dar pe care nu o cunoscuse niciodată.

Irina ajunsese să trăiască singură în imensul palat. Din când în când își primea prietenele, servindu-le ceai în cești de Herend sau cafea în cești de Meissen, dar cea mai mare parte a timpului se muta, fără nici un temei, dintr-un salon în altul, imaginându-și cum ar fi arătat palatul când era un loc de întâlnire al protipendadei. Își instalase patul în dormitorul principal, însă celelalte dormitoare ale palatului rămâneau neocupate cu îndărătnicie. Grigore Stoica venise de câteva ori din Statele Unite, stând cu ea două sau trei săptămâni, însă Andra refuzase categoric să vină în România; Irina se ducea în fiecare an să stea la Valencia pentru o lună de zile, dar, deoarece nu vorbea spaniola și nu cunoștea pe nimeni, aceste vizite nu-i alungau decât în mică parte singurătatea.

Totuși, aproape un deceniu după ce Irina terminase restaurarea, în mod neașteptat, Grigore se decisese să se repatrieze, instalându-se cu soția sa, Valeria, în palatul Stoica.

Șederea în Statele Unite îl dezamăgise pe Grigore. Studiile experimentale făcute la Berkeley și la centrele de cercetare ale concernului Totila au scos în evidență faptul că atașatul naval al ambasadei americane din București greșise considerând că invenția lui Grigore putea fi folosită pentru detectarea submarinelor inamice. Chiar pentru inspecția barajelor, utilitatea ei era limitată. Grigore nu a vrut să se lase înfrânt și a insistat să continue cercetările. Ca să nu-l dezamăgească, Al Totila, care le finanța, a aprobat continuarea, deși toți specialiștii săi îi spuseseră că era inutil.

Peste trei ani de zile, după ce și-a susținut teza de doctorat, Grigore s-a văzut silit să cedeze, conștient că, fără intervenția directă a lui Al, trustul Totila nu ar fi finanțat cercetările pe timp atât de îndelungat. În mod surprinzător, acest eșec l-a făcut să fie supărat că îi mai datora ceva lui Al. După ce îi obținuse plecarea din România și înscrierea pentru doctorat la Universitatea din Berkeley, mai cheltuise sume importante pentru cercetări inutile. Resentimentele sale împotriva lui Al au avut ca efect o distanțare a lui Grigore de Andra.

Deși Al îi oferise posturi importante în una din întreprinderile trustului Totila, Grigore a preferat să lucreze pe cont propriu. Ar fi vrut să lucreze mai departe în cercetări pe modele hidraulice, așa cum făcuse la Institutul de Cercetări Hidrotehnice din București. Epoca laboratoarelor pe modele hidraulice era în faza de declin; multe laboratoare din Statele Unite își încetaseră activitatea, iar cele rămase nu mai făceau angajări. Înăcrit, Grigore și-a căutat alte slujbe; având un doctorat de la Berkeley, nu i-a fost dificil să găsească un post bine retribuit, însă nu în domeniul cercetării, ceea ce Grigore interpreta ca un alt insucces. În decursul timpului, Grigore și-a schimbat slujba de mai multe ori, lucrând întâi în California, apoi în Colorado și în Texas, fiind în permanență nemulțumit.

În primul an după sosirea în Statele Unite, Valeria, soția lui Grigore, urmase cursuri intensive de engleză. Dându-și seama că o licență în litere de la Universitatea C.I. Parhon din București nu-i înlesnea găsirea unei slujbe, Valeria s-a înscris la un masterat la Școala Superioară de Business a Universității din Berkeley. Nu a reușit să-și termine studiile, deoarece Grigore a refuzat să ia o slujbă în zona San Francisco sau alt oraș din apropiere, argumentând că cele disponibile nu erau de nivelul său.

După ce Grigore și-a luat doctoratul, Valeria a rămas însărcinată. Grigore era încântat că avea un fiu, sperând că va găsi în familie fericirea pe care nu reușea să o găsească în carieră. Încerca să-i satisfacă tânărului Mihai Stoica toate dorințele, vrând să-i evite suferințele pe care le avusese în propria copilărie. Valeria încerca, fără succes, să-l tempereze pe Grigore. Având bani la dispoziție, când a ajuns în liceu, Mihai a început să se drogheze. După un an, Mihai ajunsese dependent de droguri și Grigore a fost nevoit să-l trimită la un centru de dezintoxicare. După tratament, Mihai și-a reluat studiile și, având iar suficienți bani pe mână, în scurt timp și-a reluat obiceiurile. Valeria își dădea seama de starea lui Mihai, însă Grigore susținea că îngrijorarea ei nu era justificată și a refuzat să intervină. Consumul de droguri al lui Mihai s-a agravat și, într-o seară, când a petrecut cu prietenii săi, a murit dintr-o supradoză de cocaină.

Decesul lui Mihai l-a afectat puternic pe Grigore. Prea târziu, își dădea seama că ceea ce se întâmplase era, în bună parte, vina lui. Considera că era alt eșec în viața lui și, implicit, că toata aventura sa în America fusese un eșec. Își închipuia că ar fi fost mai fericit dacă Al l-ar fi lăsat în pace în apartamentul său din Militari și cu micul său Trabant. Ar fi vrut să se întoarcă în România, dar își dădea seama că o asemenea repatriere ar fi fost echivalentă cu o recunoaștere publică a eșecului său în Statele Unite. De aceea, a continuat să lucreze, fără mult entuziasm, în America. Consecința a fost că nu obținea promovările la care se simțea îndreptățit și că, după părerea lui, posturile sale erau inferioare celor pe care le ocupau colegii săi de la Berkeley. Credea că e din cauza discriminării împotriva imigranților.

Când a atins vârsta legală de pensionare, Grigore a reușit să pună capăt exilului său și să se întoarcă în România, fără ca repatrierea să poată fi interpretată ca recunoașterea unui eșec. Grigore și Valeria s-au instalat în palatul Stoica, reușind s-o facă pe Irina să nu mai resimtă apăsarea de a sta singură într-o clădire imensă.

După ce Irina își realizase toate visele și ajunsese iar stăpâna averii predecesorilor ei, starea ei de sănătate a început să se înrăutățească. Valeria s-a străduit să o îngrijească pe soacra ei, însă la patru ani după întoarcerea lui Grigore în România, Irina se stinsese, în vârstă de 90 de ani.

Grigore o anunțase pe sora sa de decesul mamei lor și s-a ocupat conștiincios de organizarea funeraliilor. Andra și-a dat seama că nu putea menține la infinit refuzul de a veni în țară și că trebuia să asiste la înmormântarea Irinei. Despina, Ermanaric și Sigeric, copiii Andrei, sosiră în ajun, de la New York cu Boeingul familiei.

Despina dovedise încă din liceu că avea o înclinație spre activitățile economice. După ce își luase licența în științe economice la Universitatea Yale, urmată de un doctorat la Universitatea Oxford și de un semestru de specializare la Universitatea Autonomă din Madrid, Despina a început să lucreze cu Al în conducerea concernului Totila. Peste câțiva ani, Al s-a îmbolnăvit și nu mai era în stare să coordoneze activitatea imperiului economic pe care îl crease, iar Andra, în calitate de coproprietară, a preluat funcțiile pe care Al le exercitase până atunci. Starea lui Al se agravase și Andra a considerat că trebuia să se ocupe mai mult de soțul ei, cu atât mai mult cu cât acesta insista să stea în castelul său de la Valencia. Andra a decis să-i transfere Despinei toate funcțiile de conducere a întreprinderilor Totila. Decizia era una benefică, deoarece Despina avea cunoștințe economice mai temeinice decât Andra și lucrase, după aceea, direct cu Al. Deși în perioada de peste un an de când conducea concernul luase decizii importante, era încă timorată de responsabilitatea care îi revenea.

Funcția ei o obliga să aibă o viață socială activă, pentru întărirea relațiilor cu oamenii de afaceri, politicieni sau alte persoane cu care colabora. Adeseori dădea și ea recepții în apartamentul ei din Manhattan sau în vila ei din McLean, lângă Washington. Majoritatea acestor invitați aveau vârste mult mai înaintate decât cei treizeci de ani ai Despinei. Avea puține prilejuri de a întâlni tineri de o vârstă apropiată, iar cei pe care îi întâlnea aveau preocupări cu totul diferite de cele ale unuia din marii magnați ai lumii de afaceri. De aceea, Despina nu avea o viață personală. Începuse relații cu unii bărbați, mai puțin pentru că aceștia o atrăgeau și mai degrabă pentru că găsea că nu era normal să fie obsedată doar de activitatea ei profesională și, de aceea, trebuia să găsească un mod de a evada din cușca aurită în care se găsea. Niciuna nu-i dăduse satisfacție și toate se terminaseră înainte de a începe propriu-zis.

Ermanaric și Sigeric, cei doi gemeni, erau mai puțin atrași spre afaceri. Amândoi considerau că o legătură prea strânsă cu conducerea concernului Totila i-ar fi privat de libertate. Acceptau ideea că, în cele din urmă, trebuiau să se implice în unele din activitățile concernului, în momentul în care vor moșteni acțiunile care asigurau familiei controlul asupra acestuia, însă, până atunci, preferau să-și încerce puterile pe cont propriu.

Ermanaric, căruia toată lumea îi spunea Erman, își luase diploma de inginer de la Institutul Tehnologic din Massachusetts, specializându-se în tehnologia informațiilor. Cu ajutorul financiar al tatălui său, își creasе propria firmă, în care angajase mai mulți tineri talentați. Primele contracte le-a primit de la companii afiliate trustului Totila, în cadrul cărora Erman și echipa sa elaboraseră programe cu multe inovații importante. Aceste rezultate i-au permis firmei să se impună pe piață și să obțină contracte însemnate cu alte companii private și diferite instituții guvernamentale. La insistențele Andrei, Erman obținuse titlul de doctor la Universitatea Columbia, continuând să-și coordoneze firma și în timpul studiilor. Această experiență i-a permis lui Erman să-și dea seama că nu trebuia să-și petreacă tot timpul la firma sa, fiind suficient să vină cu idei noi, lăsându-i pe subordonații săi să le aplice și să se elaboreze software-ul corespunzător, pe când el putea să-și utilizeze altfel timpul.

Deși îi plăcea meseria și activitatea de IT, pasiunea lui Erman era pictura. Având talent la desen, avusese intenția să se înscrie la Academia de Arte din Madrid după ce trecuse *bachilierato.* Așa cum o împiedicaseră pe Despina să devină actriță, atât Al cât și Andra fuseseră împotriva unei asemenea alegeri și îl împinseseră spre politehnică.

Erman se supusese cu reticență interdicției părinților săi, având ferma intenție să învețe pictura când va avea ocazia să o facă. Luase câteva lecții de pictură pe când era la facultate în Boston, însă după ce își înființase firma, s-a înscris la New York Studio School, o școală care oferea cursuri de pictură seara și în perioadele de week-end. Când găsea că prezența sa nu era indispensabilă, fiind proprietarul firmei, Erman își permitea să-și ia câteva zile libere, plecând în diferite locuri din Statele Unite, pe care le găsea interesante, făcând diferite schițe, după care picta tablouri când se întorcea acasă. Prietenii săi îl încurajau să deschidă o expoziție; familia Totila avea suficiente relații care să-i permită să o deschidă în una din cele mai prestigioase galerii din New York. Erman replica totdeauna că nu era pe deplin satisfăcut de picturile sale, pentru că pierdea prea mult timp cu firma lui de IT.

Deși era geamăn, Sigeric, numit Sig de prieteni, avea o fire cu totul diferită. Fusese fascinat de faptele eroice ale neamului Totila în decursul secolelor și, ca și Al în tinerețea sa, credea că a obține o pregătire militară era o datorie a sa față de memoria strămoșilor săi. Cu toată împotrivirea lui Al și a Andrei, s-a înscris la Academia Militară de la West Point. Ca să-și liniștească părinții, le promisese că se va retrage din militărie după încheierea serviciului militar minim la care era obligat după absolvirea academiei.

În toamna anului 2012, o parte din trupele afgane, antrenate de specialiștii Statelor Unite, se aliaseră cu talibanii și atacaseră unități ale NATO staționate în Afganistan. Generalul John Allen[1], comandantul trupelor

---

[1] John Rutherford Allen (n. 1953), general al infanteriei marine a Statelor Unite, comandant al Forței Internaționale de Asistență pentru Securitate (ISAF) și al Forțelor Armate ale Statelor Unite din Afganistan (USFOR-A) din 18 iulie 2011 până în 10 februarie 2013.

americane, a decis o rotație a efectivelor militare și, ca o consecință, tânărul locotenent Sigeric Totila a fost trimis în Afganistan. Această misiune l-a îngrijorat pe Al. Din experiența sa din Vietnam, Al știa că Sig își risca viața. Pe de altă parte, își dădea seama că tot efortul său fusese zadarnic și războiul din Vietnam fusese pierdut. Considera că aceste concluzii erau aplicabile și războiului din Afganistan, care se prelungea de peste zece ani, fără să se întrevadă vreun sfârșit. Al știa că, în 1979, la câțiva ani după ce fusese rănit în Vietnam, atunci când Uniunea Sovietică atacase Afganistanul, Nikolai Ogarkov[2], șeful Statului Major al Armatei Roșii se opusese războiului, care fusese pornit de organele politice și se terminase în catastrofă. Era convins că și cel al Statelor Unite împotriva aceluiași Afganistan se va termina la fel de rușinos ca cel din Vietnam, în care aproape își pierduse viața.

După sosirea la Kabul, Sig a fost însărcinat cu antrenarea forțelor armate afgane. Nu i-a trebuit mult să afle că revolta trupelor afgane nu se datora unor infiltrații ale talibanilor, așa cum susținea conducerea armatei americane, ci era determinată de salariile lor, care erau mult mai reduse decât cele care le erau decontate americanilor de către guvernul afgan. În urma raportului pe care Sig l-a transmis superiorilor săi, a primit ordinul să nu mai ridice problema, care risca să pericliteze succesul tratativelor pentru încheierea unui nou tratat bilateral de securitate. Pentru a-l împiedica să mai ridice reclamația, Sig a fost însărcinat cu organizarea echipelor de patrulare a zonei din jurul bazei de la Kandahar. Ca și străbunicul său, Dietrich Totila, Sig era nemulțumit de serviciul său militar, dar din alte motive. În Afganistan, nu avea

---

[2] Nikolai Vasilievici Ogarkov (1917-1997), mareșal al Uniunii Sovietice, șef al Statului Major (1977-1984), susținător al reconstrucției armatei sovietice într-o forță militară compactă bazată pe o tehnologie avansată.

un inamic pe care să îl înfrunte în bătălie. Era un inamic ascuns, pe care patrulele sale nu-l întâlneau niciodată, chiar dacă, cu puțin timp înaintea sosirii patrulelor, atacase un sat sau, la un scurt interval după trecerea lor, își manifesta iar prezența. Forțele armate americane aveau armament modern, vehicule blindate, aviație, rachete și toată dotarea pe care și-o doreau. Talibanii nu aveau nimic din toate acestea, dar erau invizibili. Ce fel de luptă era asta?

Cu o lună înainte de decesul Irinei Stoica, Sig își terminase stagiul și se considera din nou un om liber. Urma să se decidă ce intenționa să realizeze în viața sa civilă și analiza modalitățile de a pune în valoare cunoștințele acumulate, discutând diferite opțiuni cu alți patru colegi, care abandonaseră și ei viața militară.

Pentru a participa la funeraliile bunicii lor, Despina, Erman și Sig plecaseră de la New York la București cu avionul companiei, care zburase apoi la aeroportul Manises pentru a o aduce pe Andra.

Andra și copiii ei au ajuns la capela cimitirului Bellu cu un sfert de oră înainte de începerea slujbei. Cunoștea cele câteva prietene ale Irinei, care mai putuseră veni la cimitir, și pe care nu le mai văzuse de 35 de ani. I-a făcut plăcere să-și revadă colegele, Doina Bratosin și Viorica Breazu, pe care le invitase la Valencia cu câțiva ani în urmă.

Grigore organizase un praznic la un restaurant din centrul orașului, însă Andra preferase să nu participe. Cunoștea doar puțini dintre participanți, iar copiii ei, pe nimeni. În plus, nici Erman nici Sig nu vorbeau românește.

Întorși la palatul Stoica după înmormântare, pe când se așezaseră să bea o cafea, Despina a întrebat-o pe Andra:

– Mamă, trebuie să fii obosită. Nu crezi că ar fi mai bine dacă ai sta aici peste noapte și te-ai întoarce la Valencia mâine?

– Mai stau câteva ore. Aeroportul Otopeni este aglomerat și avionul nostru nu poate decola decât diseară la ora șase. Pot să dorm în avion până ajung la Manises, dar trebuie să mă întorc cât mai repede. Al este bolnav și este foarte neliniștit când nu sunt lângă el, sau măcar în apropiere, undeva în castel.

– Nu și-a mai revenit deloc?

– Despina, este o întrebare fără rost. Știi că maladia lui nu are leac.

– Speram că voi găsi o soluție și să găsești pe cineva care să-l îngrijească. Bineînțeles, aș face orice ca să-i fie bine tatei, dar trebuie să înțelegi că mi-e foarte greu singură la New York, având întreaga responsabilitate a coordonării concernului. O să-mi spui iar că există întreaga armată de directori și consilieri care se ocupă de treburile curente, dar, când este vorba despre decizii foarte importante, toate ajung pe biroul meu. Mi-e foarte teamă să nu fac prostii.

– Despina dragă, aș vrea să te pot ajuta, dar trebuie să stau lângă tata. Ai lucrat lângă Al peste cinci ani, și sunt sigură că ai învățat multe de la el. La urma urmei, ești mai calificată să conduci concernul Totila decât mine, care i-am ținut locul doar ocazional. Pot să încerc să te ajut dându-ți un sfat, dacă ești în cumpănă și înfrunți situații neprevăzute, fiindu-ți greu să te hotărăști.

– Uite, vreau să-și povestesc ce s-a întâmplat acum câteva zile. Am fost chemată la Washington să fac o declarație la un *hearing* al comitetului pentru probleme bancare al senatului. Eram îngrozită. Nu din cauza declarației, o pregătisem, aș fi putut să o citesc, dar o învățasem pe dinafară. Însă, după prezentarea mea, urma o serie de întrebări ale senatorilor, care aveau toți mult mai multă experiență și nu eram sigură că puteam să răspund, fără să mă fac de râs. A fost probabil cel mai greu examen din viața mea.

– Și cum s-au petrecut lucrurile? Au fost întrebări la care nu ai putut să răspunzi?

– Totul a mers bine. Cred că senatorii erau amuzați să vadă o fată de vârsta mea prezentând punctul de vedere al unuia din marile concerne internaționale. Dar nu asta era ceea ce voiam să discut. După ce am terminat cu întrebările și mă pregăteam să plec, am fost oprită de senatorul Tom Bradley, care m-a invitat în biroul său.

– Tom Bradley! Nu l-am mai văzut de mult. Ce voia? Iar avea nevoie de o contribuție la fondul său electoral? Parcă fusese reales acum doi ani; mai trebuie să treacă vreo trei ani până la viitoarea sa campanie electorală.

– Nu era vorba despre asta. Oricum, dacă avea nevoie de susținere financiară, ar fi discutat direct cu tine. Senatorul Bradley voia să mă avertizeze. În urma anexării Crimeii de către Federația Rusă, unii senatori și membri ai congresului vor să introducă o legislație de sancționare a Rusiei. Nu-mi dau seama ce trebuie să fac, ca să pun investițiile noastre în siguranță. În ultimii cincisprezece ani, tata a făcut investiții însemnate în Rusia; am impresia că voia să refacă proprietățile familiei pe care le-a pierdut străbunicul când au venit la putere bolșevicii.

– Nu te amăgi, Despina. Al nu s-a gândit niciodată la refacerea trecutului financiar, așa cum nu a visat niciodată să ajungă rege al Italiei. A profitat de o conjunctură favorabilă, după căderea regimului comunist din Uniunea Sovietică. Trebuie însă recunoscut că politicienii ăștia americani sunt enervanți. Pe de o parte se declară globaliști, iar pe de altă parte inventează tot felul de piedici, care limitează dezvoltarea corporațiilor multinaționale.

– Bine, dar ce crezi că ar trebui să fac în condițiile actuale?

– Ce ți-a spus exact Tom? Cât de probabilă este introducerea unor asemenea sancțiuni?

– Pentru moment sunt doar discuții, deși neoconservatorii din Departamentul de Stat, în frunte cu Victoria

Nuland, fac presiuni pentru introducerea unor asemenea măsuri. Dacă situația din estul Europei rămâne neschimbată, probabil că nu se va întâmpla nimic, însă, dacă divergențele dintre Ucraina și Rusia se vor amplifica, s-ar putea ajunge la o situație în care introducerea sancțiunilor va ajunge inevitabilă.

– Evident că conflictul se va agrava. Nu vreau să-ți reamintesc momentele grele prin care ai trecut, dar gândește-te la Kovalenko, care visa să ajungă la putere în Kiev și apoi să atace Rusia. Nu era un caz singular. Ambasadorul Filatov era foarte îngrijorat de ceea ce se putea întâmpla în Ucraina. Fără îndoială, ucrainenii vor trage ursul rusesc de coadă, până când acesta se va enerva.

– Mamă, ursul nu are coadă.

– Asta nu schimbă situația. În cele din urmă, o confruntare va fi inevitabilă. Cred că nu trebuie să neglijăm avertismentul lui Tom. Poate trebuie să vindem o parte din investițiile noastre din Siberia.

– Suntem cel mai mare investitor american din Rusia. Nu suntem McDonald's, ca să putem închide câteva dughene, fără consecințe financiare importante.

– Poate am putea găsi o firmă din Rusia, care să preia filialele noastre din Rusia.

– Mamă, avem investiții de multe zeci de miliarde de dolari. O asemenea tranzacție nu s-ar putea face decât cu pierderi importante.

– Mă gândeam doar la o preluare nominală. Dar, ai dreptate, o asemenea tranzacție nu se poate face pe ascuns, ar ajunge inevitabil să fie cunoscută și riscăm penalități uriașe.

– Întrebarea pe care o pun este: trebuie să vindem investițiile din Rusia sau să încercăm să le păstrăm? Și în al doilea caz, cum putem să o facem?

– Înainte de toate, trebuie să ne lămurim asupra situației economice din Rusia și să vedem care sunt variantele care pot fi luate în considerare.

– Bine. După ce mă întorc la New York, voi încerca să văd cine din conducerea corporației este mai bine calificat pentru această însărcinare.

– Nu asta spuneam. Este o decizie prea importantă pentru a fi delegată. În calitate de conducătoare a corporației, trebuie să te duci personal la Moscova și să vezi care este situația.

– Mamă, fii serioasă. Nu pot să mă duc cu o asemenea misiune la Moscova. Cel mai bine ar fi să te duci tu, care ai mult mai multă experiență decât mine. Îți promit că voi sta tot timpul cu tata, la Valencia, și că voi avea grijă de el.

– Tata te iubește foarte mult, dar, în prezent, nu este liniștit decât în prezența mea.

– Dacă n-am încotro, o să-mi iau niște consilieri cu mine și o să mă duc în Rusia.

– Asta mai târziu, după ce decizi ce soluție preferi. Dar pentru a explora starea de lucruri este necesară multă discreție și ar fi mult mai bine să te duci singură. Informațiile de la fața locului ți le pot da mult mai bine directorii filialelor noastre din Rusia decât consilierii din Statele Unite, care probabil că nu au decât idei foarte generale despre situația de acolo. Oricum, scopul călătoriei este doar cel de a obține informațiile necesare; decizia cu privire la alternativa preferată o poți lua după ce te întorci, când poți să consulți pe cine consideri necesar.

– Bine. Nu sunt convinsă, dar îți voi asculta sfatul. În cel mai rău caz, voi face o călătorie inutilă, care îmi va da prilejul să vizitez un colț al lumii pe care nu-l cunosc.

Erman și Sig asistaseră la convorbirea dintre Andra și Despina, fără să intervină. Față de preocupările lor, subiectul discutat era prea esoteric și niciunul nu se considera calificat pentru a-și exprima o părere. Pentru ca să nu se simtă desconsiderați, Andra a apreciat că trebuiau și ei incluși în conversație și i-a întrebat ce intenții aveau înainte de a se întoarce la New York.

Erman își amintea de unele povestiri ale mamei sale despre Botoșani și nordul Moldovei. Aceste descrieri îi stârniseră interesul și, din moment ce era în România, voia să vadă și el aceste locuri. O asemenea excursie îi dădea posibilitatea să facă schițe ale unor peisaje diferite de cele pe care le vedea în America. Era convins că, după întoarcerea sa acasă, putea crea picturi originale. Spera că acestea îi vor permite să depășească nivelul la care ajunsese și, în sfârșit, să atingă un nivel satisfăcător și să le poată prezenta într-o galerie. O întreba pe mama lui dacă în zonă se purtau costume naționale pe care să le schițeze, însă Andra nu-și amintea să fi văzut persoane având o îmbrăcăminte deosebită, când fusese în zonă. Oricum, asta se petrecea cu treizeci și cinci ani în urmă și, fără îndoială, obiceiurile locale se schimbaseră între timp.

Sig intenționase să facă o excursie în Grecia, înainte de a începe să-și caute o slujbă. Andra îl sfătuia să încerce să-și găsească un rost în cadrul concernului Totila, astfel încât, după ce se familiariza, să o poată ajuta pe Despina. Sig nu respingea această soluție, deși nu era convins că avea talentul necesar pentru aceasta. Voia să analizeze și alte alternative înainte de a se decide. Pentru moment, se gândea la excursia pe care o planificase cu cei patru colegi de la West Point, care abandonaseră și ei cariera militară. Aceștia ajunseseră deja în Grecia și Sig aranjase să se întâlnească cu ei la Atena; își luase deja biletul de avion pentru zborul TAROM de a doua zi. Prietenii lui Sig nu se hotărâseră ce aveau intenția să facă în Grecia, dar cei mai mulți erau de părere că era mai amuzant să viziteze insulele din Marea Egee, decât să se obosească umblând prin pietre vechi de peste două mii de ani, imaginându-și cum arătau clădirile de pe care se prăbușiseră.

După masă, Andra a plecat la Otopeni să ia avionul pentru Valencia. Grigore se întorsese de la praznic și o dusese la aeroport. Andra insistase să nu o conducă și copiii. Nu avea bagaje, și, plecând cu avionul personal, nu trebuia să piardă timp stând la coadă pentru check-in.

A doua zi, Despina a luat legătura prin telefon cu directorii filialelor Totila din Rusia, dintre care unii erau în diferite localități din Urali sau Siberia, spunându-le că va veni peste trei zile în inspecție la Moscova. De asemenea, l-a rugat pe directorul din Moscova să încerce să-i aranjeze întâlniri cu autoritățile Federației Ruse la cel mai înalt nivel posibil, ca să discute viitorul investițiilor Totila. Se întreba dacă era la înălțime pentru această misiune. Spera să nu o dezamăgească pe Andra.

Capitolul II

Erman era enervat. Când se hotărâse să plece la Botoșani să vadă locurile despre care îi povestise Andra, își închipuise că va putea ajunge acolo pe o autostradă. Închiriase un Mercedes de la agenția Hertz din București, însă constatase că nu putea ajunge la destinație decât pe o șosea națională destul de aglomerată. Pe deasupra, șoseaua trecea prin multe localități unde viteza maximă legală era de 50 km/oră. Nu mai respecta limita admisă când trecea prin localitățile rurale, care parcă nu se mai sfârșeau, dar în orașe nu putea goni. Chiar în afara orașelor limita admisă era de numai 100 km/oră. În ritmul acesta și-ar fi pierdut toată ziua la volan; de aceea, și-a schimbat destinația, hotărându-se să se oprească la Iași. La Vaslui a fost nevoit să aștepte un sfert de oră pentru ca un TIR, care se oprise de-a curmezișul străzii, să-și termine manevrele și să reușească să intre într-o curte. La ieșirea din oraș nu i-a mai păsat de limita legală de viteză și a apăsat pe accelerator.

La un moment dat a văzut o fetiță care alerga, traversând șoseaua. Erman a apăsat pe frână și a tras cu putere de volan spre dreapta. Fetița a scăpat nevătămată, însă mașina lui Erman a lovit partea din față a altei mașini, care se oprise la capătul unei străzi laterale, așteptând să poată intra pe șoseaua națională. Mașina lui Erman s-a oprit într-un stâlp de iluminat, pe când cealaltă a fost împinsă la o parte, căzând cu una din roți în șanțul de la marginea șoselei.

Perna de aer a automobilului se umflase și astfel Erman nu fusese rănit din cauza accidentului. Totuși, zăpăcit, a stat câteva clipe nemișcat, apoi a reușit să deschidă ușa, coborând pentru a-și da seama exact ce se întâmplase. A văzut imediat cealaltă mașină avariată și s-a repezit spre ea, să vadă dacă nu era cineva accidentat, ce avea nevoie de ajutor. În automobil era o fată tânără, care încerca să împingă ușa care se blocase. Erman a apucat de mâner și, trăgând cu toată puterea, a reușit să o deștepenească. Deoarece mașina, cu o roată în șanț era înclinată spre dreapta, Erman a ajutat fata să desfacă centura de siguranță și apoi să iasă din automobil. Conștient că el era cel vinovat de accident, a încercat să se scuze pentru ceea ce făcuse. Deoarece nu vorbea românește, a început în engleză:

– *Sorry. I know it is entirely my fault. I hope you are not hurt.*[3]

Fata s-a uitat surprinsă la el, răspunzând tot în engleză:

– De ce îmi vorbești pe englezește? Cum naiba ți-ai dat seama că nu știu românește?

– Pentru că nu știu nici eu.

– Ăsta nu e un motiv să conduci brambura, ca băștinașii.

– Îmi cer încă o dată iertare.

– Scuzele tale nu mă ajută cu nimic. Uită-te la mașina mea. Toată partea din față este făcută zob.

– Ți-aș oferi să te conduc oriunde vrei, dar, după cum vezi, nici a mea nu este în stare bună. Oricum, din moment ce nu ești de aici, nu te voi lăsa să te descurci singură.

---

[3] Vă cer iertare. Știu că eu sunt în întregime vinovat. Sper că nu v-ați lovit.

La începutul dialogului, fata păruse furioasă, dar încetul cu încetul se liniștise, părând chiar prietenoasă. După Erman, nu putea avea decât cel mult 25 de ani. Avea părul negru, ochii verzi și era înaltă; nu ar fi spus că era o frumusețe răpitoare, dar era foarte atractivă și părea foarte senzuală. După accent era din sudul Statelor Unite, probabil din Texas.

Pe când cei doi tineri discutau, a apărut o mașină a poliției, probabil alertată de localnici. Pe scaunele din față erau așezați doi agenți de poliție, iar pe bancheta din spate era un comisar. Mașina s-a oprit pe șosea, lângă locul accidentului, iar comisarul a dat ordinul:

– Duceți-vă și faceți-vă meseria. Să văd de ce sunteți în stare.

Cei doi agenți s-au dus la fața locului, fiind asaltați de mai mulți localnici, fiecare căutând să le dea explicații: venea ca un bolid, era să omoare fetița, nici nu cred că a pus frână, poate mașina era stricată, mașina cealaltă stătea pe loc de câteva minute, ba nu, tocmai venise. Agenții au căutat să liniștească mulțimea.

– Dați-vă, vă rog, la o parte. Să stăm întâi de vorbă cu conducătorii automobilelor și să constatăm ce s-a întâmplat. Stați aici și nu plecați. Imediat după aceea, vă luăm mărturiile.

Ancheta se dovedea mai complicată decât anticipaseră. Unul din agenți s-a dus să vadă automobilele deteriorate și să fotografieze locul accidentului. Al doilea agent s-a dus la Erman și fata de lângă el, cerându-le permisele de conducere, căutând să afle cine condusese fiecare din vehicule și să verifice cu aparatul etilotest dacă consumaseră alcool. Niciunul din cei doi accidentați nu înțelegea întrebările, căutând să-i explice agentului că nu vorbea românește. Al doilea agent a venit și el, inutil, în ajutor. După zece minute, s-au întors mofluzi la mașina de poliție, unde comisarul a încercat să afle ce se întâmplase:

– Ce v-a luat atâta vreme? Ați chemat ambulanța să se ocupe de răniți?

– Nu-i nimeni rănit. Dar nu am reușit să ne înțelegem cu conducătorii auto. Niciunul nu vorbește românește.

– Credeam că, în ziua de azi, la școala de agenți ai poliției rutiere trebuie să învățați o limbă străină.

– Așa este, don' comisar. Numai că amândoi am urmat cursuri de germană. După câte am înțeles, împricinații vorbesc engleza, spaniola și franceza.

– Noroc că eu am urmat cursuri de engleză. Lăsați că lămuresc eu situația.

Comisarul a coborât din mașina poliției și s-a dus la locul accidentului urmat de cei doi agenți, care rămâneau cu doi pași în urmă. Nu era vina lor că nu fuseseră în stare să rezolve incidentul, dar comisarul tot le-ar fi putut băga bețe în roate, așa că era mai înțelept să nu-l deranjeze. Salutând, comisarul a început într-o engleză cu un accent românesc, dar perfect inteligibilă:

– Bună seara, sunt comisarul Balaban de la poliția rutieră română. V-aș ruga să-mi dați permisele dumneavoastră de conducere, pașapoartele și certificatul de înmatriculare.

Fata s-a dus la mașina ei să-și caute poșeta, pe când Erman se străduia să-și aducă aminte unde își pusese pașaportul. Când fata s-a întors, comisarul Balaban a observat că blugii ei erau rupți în câteva locuri:

– Domnișoară, ești cumva rănită? Trebuie să chem o ambulanță?

– N-am nimic. Cel mult o vânătaie, dar nu cred.

– Vi s-au rupt destul de rău pantalonii. Ar fi bine să vi se acorde asistență medicală.

– Ah, blugii! Nu s-au rupt în timpul accidentului, erau rupți înainte.

– Puteți să găsiți unii noi la magazinul universal din oraș.

– Domnule comisar, așa se poartă blugii: se cumpără gata rupți.

– Dacă ziceți dumneavoastră, așa o fi, dar nu pricep de ce oamenii nu așteaptă să se rupă singuri. Hai să vedem actele. Carmen Sheridan?

– Da. Aveți pașaportul și permisul de conducere. Nu am certificatul de înmatriculare. Mașina este închiriată de la agenția AVIS din București.

– Poate îmi relatați circumstanțele accidentului.

– Mă oprisem să iau un suc de la restaurantul de acolo, dacă nu mă înșel îi spune „La Conac". Mă oprisem la intersecție, așteptând un moment să pot intra pe șosea, când am fost lovită de celălalt autoturism. Nu cred că am vreo vină în acest accident.

Între timp, Erman găsise actele și se întorsese cu ele la comisar. Carmen s-a uitat la el, întrebător:

– Ce ți-a luat așa de mult să vii cu actele?

– Aveam portofelul pe scaunul de lângă mine. Din cauza impactului a căzut sub scaun și mi-a fost greu să-l găsesc.

Între timp, comisarul Balaban se uitase pe actele lui Erman.

– Îmi închipui că și mașina dumitale este închiriată.

– De la agenția Hertz din București.

– Care sunt cauzele accidentului, după dumneata?

– Mergeam pe șosea și, pe neașteptate, o fetiță a traversat șoseaua. Ca să o evit, am tras de volan la dreapta. Din nefericire, asta s-a întâmplat chiar în intersecție și, fără să mai pot face ceva, am lovit automobilul domnișoarei.

– Voi face procesul-verbal în consecință. Mai am o întrebare. După cum vedeți, ambele mașini sunt puternic avariate, probabil chiar de nereparat. Cum intenționați să vă continuați călătoria? Dacă ați fi din partea locului, probabil că ați găsi o soluție; fiind străini și fiindu-vă imposibil să comunicați în limba română, cred că vă aflați într-o situație dificilă.

– Nu m-am gândit încă, și nu am discutat asta cu domnișoara, dar cred că va trebui să stăm peste noapte la hotelul de aici, și sperăm să putem afla la recepție despre posibilitățile de a închiria alte mașini.

Carmen a dat din cap afirmativ. Comisarul s-a mai uitat pe actele lui Erman:

– Ermanaric Totila? Numele dumitale îmi aduce aminte de o fată pe care am cunoscut-o în tinerețe. O chema Andra Totila, dar era română.

– Andra Totila este mama mea. E născută în România.

– O coincidență incredibilă. Hotelul de alături este destul de bun, dar dați-mi voie să vă fac o propunere. V-aș invita la cină și apoi să stați peste noapte la mine. În tinerețe, soția mea, Catinca, era foarte legată de mama dumitale, în momente dificile din viața lor. Așa am cunoscut-o și eu. Având în vedere că, de ani de zile, nu mai știe nimic despre Andra, știu că ar fi încântată să-l cunoască pe fiul prietenei ei.

Erman nu se aștepta la o asemenea propunere și s-a uitat întrebător la Carmen. Deși plecase singură în călătoria ei prin România, ea era încă descumpănită de accident și nu voia să petreacă noaptea într-un loc despre care nu știa nimic și în care nu cunoștea pe nimeni. I-a dat afirmativ din cap și Erman a acceptat propunerea. Comisarul le-a dat agenților ordin să ia valizele din mașinile accidentate și să le pună în portbagajul automobilul poliției. Apoi a dat ordin unuia din agenți să stea pe locul accidentului, să cheme o unitate de intervenții rutiere pentru ridicarea vehiculelor accidentate și să ia declarațiile martorilor. Apoi și-a poftit invitații să se urce pe banca din spate a mașinii poliției și i-a spus celuilalt agent să se urce la volan. Pe când pornea mașina, acesta a întrebat:

– La comisariat? I-ați arestat?

– Nu vorbi prostii. Mergem la mine acasă.

Când mașina a intrat pe șosea, luând-o spre Vaslui, agentul a observat la stânga firma „Edenvis – Pompe funebre" și a comentat:

– Un loc potrivit pentru un accident rutier.

Comisarul i-a aruncat o privire critică, dar nu a răspuns. Când fusese avansat la rangul de comisar, Miron Balaban se mutase de la poliția municipiului Bârlad la inspectoratul de poliție al județului Vaslui. Își vânduse pământul de la Bălăbănești și își cumpărase o casă mare în Vaslui. Catinca se ocupase de gospodărie și de creșterea celor cinci copii ai lor. Acum, viața ei era mult mai ușoară. Cei mai mari dintre copii se căsătoriseră și aveau propria gospodărie; alți doi erau studenți la Iași. Mai rămăsese acasă doar mezina, Irina, care era în ultima clasă la Liceul Teoretic Mihail Kogălniceanu.

Pe când mergeau spre casa lui Miron Balaban, Carmen avea și întrebări pe care Erman putea să le lămurească:

– Spuneai că mama ta este Andra Totila. Știu că bunica mea era foarte bună prietenă cu o persoană cu acest nume. Nu se poate să fie o coincidență.

– Cine este bunica ta?

– Se numește Montserrat de Villareal. Este măritată cu bunicul meu, Henry Sheridan, dar și-a păstrat numele.

– Ce coincidență. O cunosc pe Montserrat, care a venit deseori să ne viziteze la castelul nostru de lângă Valencia, în Spania. De câteva ori a venit și cu copiii ei, avea o fiică, Isabella și un băiat Alfonso, le dăduse nume spaniole pentru că era mândră de ascendența hispanică. Chiar glumea cu mama, care ne dăduse nume gotice, ținând seama de genealogia tatălui meu.

– Alfonso Sheridan este tatăl meu. De necrezut, că a trebuit să mergem la capătul pământului ca să ne întâlnim!

– Eu măcar am rude aici, chiar dacă nu le-am întâlnit niciodată. Dar tu ce cauți aici?

– La mine este mai complicat. Tata a căutat totdeauna să mă țină din scurt, nu mă lăsa să mă duc nicăieri singură. Când m-am înscris la facultate, la Boston, părinții au fost nevoiți să-mi dea o alocație, care era suficientă ca, în timpul vacanței, să-mi plătesc o excursie pe care mi-o doream. M-am decis să profit de libertatea pe care o aveam ca să explorez lumea. Cum spune cântecul: *„Off to see the world, there's such a lot of world to see."*[4] Am decis să-mi aleg destinațiile la întâmplare, ca la loto. Acum doi ani, când am început, am tras biletul cu Peru și am plecat în America de Sud. Am vizitat ruinele de la Machu Picchu, m-am plimbat cu barca pe Lacul Titicaca și am admirat Anzii și vârful Chaupi Orc, e drept că de la depărtare. Am fost încântată și am decis să continui. Anul trecut am fost în Africa de Sud, unde mi-a plăcut mult mai puțin. M-au dus în diverse parcuri naționale să văd diversitatea ecologică; pentru asta ajungea să mă duc la grădina zoologică din Houston. Anul acesta am tras din pungă biletul cu România. Este prima țară în care mă duc unde nu cunosc limba, îmi închipuiam că engleza este o limbă de circulație generală.

– După cum am putut amândoi constata, nu este cazul.

Mașina ajunsese la casa lui Miron Balaban, care și-a poftit invitații să intre și i-a prezentat Catincăi. Miron nu se înșelase; auzind că Erman era fiul Andrei, de care nu mai știa nimic de aproape 40 de ani, Catinca a sărit în sus și l-a luat în brațe, spunându-i mai multe fraze ca să-și manifeste încântarea, din care Erman nu a înțeles nimic. Apoi a îmbrățișat-o și pe Carmen, care era și ea nedumerită de explozia pe care o produsese sosirea lor în casa comisarului. Catinca a vrut să afle cât mai mult

---

[4] „Pornesc să văd lumea, este o lume atât de mare de văzut", versuri din cântecul „Moon River" de Henry Mancini pe versuri de Johnny Mercer din filmul „Breakfast at Tiffany's".

despre Andra; Erman s-a străduit să satisfacă curiozitatea gazdei sale. Conversația mergea greu, deoarece Catinca nu vorbea limba engleză și Miron trebuia să traducă. Dându-și seama că conversația putea dura multă vreme, s-a scuzat ca să pregătească ceva de mâncare, spunându-i Irinei să vină să o ajute.

La bucătărie, Catinca a început să se perpelească. Nu vedea de ce Miron îi aducea musafiri, fără să o anunțe dinainte. Avea noroc că pregătise niște sarmale în foi de viță; ca de obicei, făcuse mai multe decât era necesar pentru o singură seară, având intenția să păstreze o parte la frigider, pentru una din zilele următoare. Dar invitaților nu le putea servi un singur fel de mâncare. S-a uitat la ce avea în frigider și s-a decis să facă dovlecei umpluți. Rămânea de ales desertul. Avusese intenția să servească papanași, înainte de a ști că avea musafiri; acum, dacă făcea dovleceii, nu mai avea destulă brânză de vaci. Din ce în ce mai supărată pe Miron, s-a uitat în frigider să mai caute ceva. Putea să o trimită pe Irina să cumpere niște prăjituri de la cofetăria din apropiere, dar o gospodină bună trebuia să nu servească mâncăruri gata preparate. În fundul frigiderului mai erau o duzină de ouă, niște legume, un litru de lapte, o bucată de telemea și niște fructe. Singura soluție care i-a venit în minte a fost să facă lapte de pasăre; spera să le placă invitaților.

Pe când Catinca pregătea masa, Miron s-a așezat cu musafirii în camera de zi și, căutând un subiect de conversație, îi întreba unde intenționau să meargă când avuseseră accidentul. Carmen și Erman au explicat pe rând:

– Sunt în concediu în România și pe când eram în avion și consultam ghidul, am ales câteva locuri care mi s-au părut mai interesante. Intenționam să mă duc la Iași, apoi la Suceava și apoi să vizitez mânăstirile din Bucovina.

– Eu voiam să mă duc la Botoșani, oraș pe care mama mea l-a vizitat în tinerețe și despre care îmi povestise.

Pe urmă, voiam să găsesc în apropiere unele locuri interesante, pe care să le pictez. Nu auzisem de mânăstirile din zonă, dar ar putea să fie un subiect interesant pentru tablouri.

– V-aș sfătui să vă opriți măcar câteva zile la Iași. Sunt multe locuri de vizitat, atât în oraș, cât și în împrejurimi. Evident, mânăstirile și bisericile bucovinene trebuie neapărat văzute.

Ca să le servească ceva musafirilor cât timp termina de gătit, Catinca a tăiat câteva bucăți de telemea și un rest de salam de Sibiu, pe care Miron le-a servit cu niște țuică de Cetățuia. Neavând alt subiect de conversație, Miron a început să le explice ce erau produsele care se serviseră:

– Nu știu dacă ați mâncat brânză din asta până acum.

– Cum să nu. Brânză feta există peste tot în America.

– Probabil că da. Însă asta este „Telemea de Ibănești", un produs de origine protejată. Este făcut din laptele obținut de la vacile crescute în zona văii Gurghiului și este sărat prin utilizarea saramurii provenită de la fântânile cu apă sărată din localitatea Orșova din județul Mureș.

– Și salam unguresc ca acesta se găsește în America.

– Iar greșiți. Acesta este salam de Sibiu. De fapt, acest salam a fost produs pentru prima oară acum peste un secol la Sinaia.

– Atunci, de ce îi spune salam de Sibiu?

– Pentru că cea mai mare parte se exporta în Austro-Ungaria și de aceea era etichetat „Vama Sibiu". Dar ceea ce probabil nu știți este că ziua de 1 noiembrie a fost declarată oficial ziua națională a salamului de Sibiu.

– E o glumă?

– Este cât se poate de adevărat. Dar aceste bunătăți nu pot fi consumate fără băutură. Probabil că ați mai gustat țuică de când sunteți în România, însă cea pe care v-o ofer nu este cea obișnuită. Este „Țuică de Cetățuia" produsă de călugării mânăstirii Cetățuia de lângă Iași, pe care vă recomand să o vizitați. Această țuică conține schinduc, o plantă care crește doar pe muntele Ceahlău și este culeasă cu multă grijă de călugării schiturilor din vecinătate. Călugării pun această plantă la macerat în țuica de prune, iar băutura devine, în urma acestui proces, un întăritor al organismului, datorită proprietăților miraculoase ale plantei.

Catinca tocmai intrase în cameră să invite toată lumea la masă și a comentat:

– Văd că Miron v-a făcut capul calendar. De când se apropie de pensie, în loc să se ocupe de răufăcători, este mai preocupat de mâncare.

– Câtuși de puțin. Erau informații interesante. Nu știm mare lucru despre România.

Irina învățase limba engleză la liceu și, în timpul mesei, a luat rolul de translator. Catinca a continuat să ceară informații despre Andra, despre viața și familia ei și despre castelul din Valencia. La rândul ei, le-a dat câteva detalii despre procesul de la Botoșani și centrul de reeducare de la Vlăhița, despre care Andra nu vorbise niciodată cu copiii ei; îi pomenise lui Erman despre Botoșani, dar nu amintise niciodată nici despre proces, nici despre condamnare.

Ținând seama de necesitatea traducerii, conversația s-a prelungit și după terminarea mesei. Mai târziu, Catinca i-a spus Irinei să pregătească paturile pentru musafiri. Când Catinca i-a condus să le arate unde aveau să doarmă și unde era odaia de baie, Carmen și Erman au constatat că li se pregătise un singur dormitor cu un pat dublu. În timpul prezentărilor, Miron explicase doar că avuseseră un accident și Catinca și-a imaginat că cei doi călătoreau împreună. Erman a vrut să-i explice gazdei eroarea, dar Carmen l-a oprit:

– Nu complica lucrurile. Gazda noastră s-a străduit și așa foarte mult. După câte s-au întâmplat azi, n-o să fie o catastrofă mai mare dacă dormim în același pat.

Dacă cineva ar fi ascultat la ușă ce se întâmpla mai târziu în dormitor, ar fi auzit următorul dialog:

– Erman, am pomenit despre dormit, nu despre altceva.

– Am înțeles că, după părerea ta, a dormi împreună n-ar fi o catastrofă.

– Nu asta am vrut să spun. Ai înțeles greșit.

După peste o oră, Carmen a oftat și a șoptit în limba franceză:

– *Tout est bien qui finit bien.*[5]

– *Tout à fait!*[6]

A doua zi dimineața, când s-au sculat, Miron plecase deja la comisariatul de poliție. Îi lăsase Catincăi numărul de telefon al agenției Eurocars, care fusese anunțată de Miron. Agentul i-a spus lui Erman că putea să le trimită imediat două mașini la adresa pe care o indicase comisarul. Erman a replicat că aveau nevoie de o singură mașină, dar a refuzat indignat să accepte Dacia Duster, pe care agenția le-o propunea. Nu putea avea încredere într-un automobil numit Ștergător de Praf.[7]

Peste o oră, după ce îi mulțumiseră Catincăi pentru ospitalitate, Carmen și Erman se îndreptau într-un BMW spre Iași, înțeleși să exploreze împreună nordul Moldovei.

---

[5] Totul e bine când se termină cu bine. (în limba franceză)

[6] Chiar așa. (în limba franceză)

[7] Cuvântul englez „duster" înseamnă „ștergător de praf".

Capitolul III

Boeingul companiei Totila a aterizat la începutul după-amiezii pe aeroportul internațional Vnukovo – Andrei Tupolev. Despina a coborât din avion, fiind imediat condusă de personalul aeroportului pe intrarea VIP, ca să nu stea la cozile pentru pasagerii curselor aeriene obișnuite. După formalitățile de verificare a pașaportului, Despina a fost primită de Igor Zolotuhin, directorul filialei din Moscova a trustului Totila. Au pornit spre oraș pe șoseaua Lenin, pe care circulația nu era dificilă. Despina se aștepta să fie mai greu când ajungeau în oraș, dar șoseaua mergea până la râul Moscova, aproape de centrul orașului.

Pe drum, Igor i-a raportat că, în conformitate cu dispozițiile ei, convocase la Moscova pe conducătorii diferitelor unități Totila de pe teritoriul Federației Ruse, pe care putea să-i întâlnească la ora 3, în sala de ședințe a birourilor filialei concernului Totila. Dacă drumul o obosise, putea, fără dificultate, să amâne întâlnirea pentru a doua zi, ceea ce Despina a refuzat.

În aproximativ douăzeci de minute au ajuns la Hotelul Balciug Kempinski, unde i se rezervase unul din apartamentele de lux, numit pompos *Kremlin Suite*. Camerele erau spațioase și aveau mobila similară cu cea a altor hoteluri de lux din lume. Ceea ce a fermecat-o însă a fost vederea spectaculoasă pe care o avea de la fereastră spre râul Moscova. Pe malul opus, în partea stângă, se vedea zidul roșu al cetății Kremlinului, străjuit de turnul Beklemișev; în depărtare se mai putea vedea alt turn. Chiar în fața hotelului era podul Bolșoi Moskvorețki, dincolo de care era un bulevard larg la capătul căruia strălucea impozanta catedrală a Sfântului Vasile Blajinul, cu o arhitectură de o complexitate stranie, având mai multe turnuri mici înconjurând turnul central, care toate se înălțau spre ceruri, ca și cum ar fi fost un simbol al unui foc sacru multicolor. Despina a stat câteva minute să admire această priveliște înainte de a-și îndrepta privirea spre dreapta, unde se întindea Parcul Zaludie, la capătul căruia se înălța o altă construcție stranie, podul plutitor sau podul de sticlă. De fapt nici nu era un pod, pentru că nu traversa râul, ci era o potcoavă cu o balustradă de sticlă, care ajungea până aproape de jumătatea râului, însă cu mult deasupra acestuia, dându-le prilejul moscoviților și prietenilor lor din alte locuri să admire capitala.

Despina s-a bucurat de priveliște până când s-a făcut timpul să se ocupe de treburile ei. La ora două și jumătate a coborât în holul hotelului, unde o aștepta Igor. S-au urcat într-o limuzină care a ocolit Kremlinul, mergând întâi în lungul râului, trecând apoi pe o șosea care i-a dus într-o zonă în care se înălțau mai mulți zgârie-nori. Mașina s-a oprit în fața unuia care se înălța în forma unei elice duble. Andra s-a oprit să admire clădirea și și-a exprimat mirarea:

– Mă așteptam la orice, numai la asta nu. Nici în Manhattan nu vezi asemenea clădiri.

– Este noul cartier al lumii de afaceri din Rusia, cunoscut sub numele de „Moscow City". Toate aceste blocuri au fost ridicate în ultimii 15 ani, după perioada de stagnare economică din timpul președinției lui Elțîn, și, așa cum puteți vedea, mai sunt altele în construcție. Blocul din fața noastră, numit „Turnul Evoluției", a fost terminat recent, fiind dat în funcțiune în 2014.

– Înseamnă că ați mutat de curând sediul filialei Totila aici.

– Nu puteam face altfel. Toate marile trusturi își au sediul în city, și, după cum știți, concernul Totila este unul din cei mai mari investitori străini din Rusia. Francezii au o zicală: „Noblesse oblige”[8]. În Rusia, aparențele contează; nu puteam să sperăm să ni se acorde respect, dacă ne prezentam ca o societate de mâna a doua.

Au intrat în Blocul Evoluției și Igor a condus-o pe Despina în sala de întâlniri de la etajul 40; Despina se întreba dacă, în percepția oamenilor de afaceri din Rusia, etajul la care se aflau birourile era și el un criteriu de evaluare a importanței societăților. După ce Igor i-a prezentat pe conducătorii diferitelor unități, fiecare din ei a făcut o scurtă prezentare a lucrărilor pe care le coordonau. Niciunul nu a ridicat probleme care să necesite o intervenție a conducătorului unității centrale. La sfârșit, Igor Zolotuhin a făcut o scurtă sinteză. Despina fusese nevoită să asculte toate rapoartele subalternilor, punând din când în când întrebări, pentru a da impresia că era interesată. Era însă nerăbdătoare să afle când va putea întâlni un reprezentant al guvernului, ca să poată discuta problema sancțiunilor. Răspunsul lui Igor a fost cu totul neașteptat:

– După ce mi-ați dat telefon de la București, am luat imediat legătura cu unul din directorii Ministerului Dezvoltării Economice, transmițându-i dorința Dumneavoastră de a avea o întrevedere și indicându-i data când soseați la Moscova. Ieri am primit răspunsul. Maksim Oreșkin, ministrul dezvoltării, a informat Consiliul de Miniștri despre vizita dumneavoastră și prim-ministrul, Dmitri Medvedev, vă va primi mâine la ora unsprezece.

– Nu mă așteptam la o întâlnire la un nivel atât de înalt.

---

[8] Noblețea te obligă. (în limba franceză)

– V-am spus când ați intrat în clădire că, în Rusia, aparențele contează. Evident, guvernul este perfect informat asupra cifrei noastre de afaceri din Federația Rusă. Din moment ce sunteți conducătoarea unuia din puținele concerne internaționale care își permite să aibă sediul într-unul din blocurile din Moscow City, trebuie să vi se acorde respectul cuvenit. În aceste condiții, rușii nu puteau decât să vă primească la cel mai înalt nivel.

– Cred că mai am multe de învățat privind lumea de afaceri din diferite țări. Care este planul? Ne întâlnim întâi cu ministrul Oreșkin sau mergem direct la biroul prim-ministrului?

– Nici una, nici alta. Prim-ministrul vă va primi singură.

– Voi avea nevoie de un translator.

– Nu vă faceți griji. Dacă este necesar, șeful de cabinet se va ocupa de asta.

– Nu este uzual ca, la asemenea convorbiri, să participe și alte persoane interesate?

– Din moment ce nu ați indicat motivul pentru care ați solicitat întrevederea, trebuie să fie unul secret. Pentru ca subiectul convorbirii să nu fie cunoscut în prealabil de alții, prim-ministrul a decis să vorbească doar cu Dumneavoastră. Poate că nu știți, dar rușii pot fi paranoici când este vorba despre păstrarea secretului de stat.

A doua zi, Igor a venit cu mașina să o ducă pe Despina până la Casa Albă[9], unde un ofițer a primit-o, conducând-o la biroul prim-ministrului. Când Despina a intrat, Dmitri Medvedev s-a sculat și a poftit-o să stea jos pe unul din fotoliile dintr-o nișă a încăperii, el așezându-se pe cel de al doilea. Despina se așteptase ca un translator să înlesnească conversația, însă a constatat că

[9] Casa Albă (Белый Дом) este sediul guvernului Federației Ruse.

prim-ministrul vorbea perfect limba engleză. Medvedev a deschis discuția:

– Bine ați venit la Moscova.

– Domnule prim-ministru, sunt onorată că ați avut bunăvoința să mă primiți.

– Plăcerea este de partea mea. Trebuie să recunosc că, dintre toți conducătorii marilor corporații internaționale, sunteți singura care a venit personal la Moscova. Vizita Dumneavoastră este cu atât mai însemnată, cu cât corporația Totila este unul din principalii investitori străini în Federația Rusă.

– Sunt convinsă că, în prezent, există și în Rusia oameni cu resurse financiare importante, pe care le pot investi în economia națională.

– Vă referiți la așa-numiții oligarhi? Sunt oameni care au profitat de haosul din perioada lui Elțîn, împrumutând guvernul cu sume neimportante și punând apoi mâna pe bunurile statului, care constituiseră garanția împrumutului. Ceea ce este mai supărător este faptul că nu investesc decât puțini bani în economia națională.

– Nu sunteți prea sever față de ei?

– Nu cred. Să vă dau câteva exemple. Frații Arkadi și Boris Rotenberg[10] își cheltuiesc averea achiziționând opere de artă la licitațiile din țările occidentale și cumpărând acțiuni la bursa din New York. Vladimir Potanin[11] este membru al comitetului muzeului Guggenheim din New York, iar numele său este cioplit în placa cu numele celor mai importanți donatori ai Centrului Kennedy din Washington. Leonid Mihelson[12] a finanțat organizarea

[10] Arkadi și Boris Rotenberg – proprietari ai concernului StroiGazMontai specializat în construcția de conducte petroliere și gazoducte.

[11] Vladimir Potanin – conducător al concernului Norilsk Nickel.

[12] Leohid Mihelson – conducător al companiei petrochimice SIBUR.

unor expoziții la Institutul de Artă din Chicago și la Galeria Tate Modern din Londra. Între timp, statul nostru, ale cărui resurse sunt mult mai reduse decât cele ale Statelor Unite, acoperă, fără un asemenea sprijin, cheltuielile Muzeului Ermitaj sau ale Muzeului Pușkin. Ca să nu pomenesc de Roman Abramovici[13] care este proprietarul clubului de fotbal Chelsea și care deține trei clădiri în cartierul cel mai luxos din New York. Vă asigur că suntem mai câștigați colaborând cu întreprinderile din sistemul Totila, unde, în afară de rezultatele economice, avem și avantajul de a beneficia de inovații tehnice occidentale.

– Nu pot decât să vă mulțumesc pentru aprecierile pozitive pe care le faceți despre activitatea noastră în Federația Rusă.

– Sunt absolut sincere. Voiam, de asemenea, să vă spun că, acum câteva zile, am semnat aprobarea solicitării trustului Totila de a deschide o unitate a industriei chimice în zona Nijni Novgorod. Bineînțeles, lăsăm alegerea amplasamentului absolut la discreția dumneavoastră. Sper că prezența la Moscova vă va da posibilitatea de a obține la fața locului informațiile necesare, care să vă înlesnească decizia.

Despina nu știa ce să răspundă. Nici nu știa că fusese propusă realizarea unei uzine chimice și nu avea nici cea mai vagă idee cum să aleagă amplasamentul unei asemenea uzine. Nici nu putea să-și recunoască neștiința. Pe de altă parte, nu vedea cum putea devia discuția spre subiectul care o determinase să vină la Moscova, sancțiunile americane împotriva Rusiei. Regreta că acceptase sfatul Andrei de a veni în Rusia, dar, odată ajunsă, nu se putea eschiva.

---

[13] Roman Abramovici – om de afaceri cu cetățenie rusă, israeliană și portugheză.

– Vă promit că voi discuta problema cu consilierii mei și că voi lua o hotărâre în cel mai scurt timp posibil.

– Din moment ce ați avut bunăvoința de a vă deplasa până aici, vreau să profit de ocazie și să vă informez despre două proiecte foarte importante de infrastructură, care ar putea să vă intereseze. Aceasta vă va da prilejul de a decide măsura în care concernul Totila este interesat să colaboreze, înainte ca firme concurente să fie informate.

– Despre ce este vorba?

– Primul este „Calea de Navigație Arctică", adică cea care se extinde în lungul teritoriului Federației Ruse, de la strâmtoarea Bering până în dreptul frontierei cu Norvegia. În prezent, nu este utilizabilă decât în mică măsură, Oceanul Arctic fiind înghețat aproape tot timpul anului. În ultimii ani a apărut încălzirea globală, care este privită negativ de multe țări, însă care poate fi foarte benefică pentru Rusia. Specialiștii noștri apreciază că, la nivelul anului 2030, Oceanul Arctic va putea fi utilizat fără impedimente majore.

– Nu cred că știu foarte multe despre Oceanul Arctic.

– Nici eu. Totuși am fost informat că distanța de navigație de la Yokohama la Rotterdam este de doar 9.000 km, față de circa 20.000 km, dacă se utilizează canalul Suez, ceea ce ar face utilizarea acestei rute mult mai economică. Anul trecut volumul de mărfuri tranzitat prin Oceanul Arctic a depășit 5 milioane tone, ceea ce reprezintă o creștere de peste 150% în doar 10 ani. Este o cifră infimă, față de peste un miliard de tone care tranzitează anual prin canalul Suez. De aceea, considerăm că, în condiții de navigație favorabile, volumul de mărfuri transportat ar putea crește extrem de mult. În plus, calea navigabilă ar ajuta foarte mult și transportul mărfurilor din nordul Siberiei. Cred că vă este clară importanța subiectului, așa că nu voi insista mai mult. Al doilea proiect de importanță majoră pentru Federația

Rusă este sistemul de conducte de transport al petrolului și gazului până în Republica Chineză, a cărei economie se dezvoltă mult mai rapid decât cea a Europei. În viitor, dacă se mai liniștește războiul din Afghanistan, am putea să extindem sistemul până în India. Vorbesc de întregul sistem, inclusiv rafinării și alte lucrări anexe.

– Domnule prim-ministru, legat de propunerile Dumneavoastră, doresc să vă explic și motivul pentru care am venit la Moscova. Acum câteva săptămâni, am fost informată, în mod confidențial, că, din cauza anexării Crimeii, congresul american pregătește un nou set de sancțiuni împotriva Federației Ruse. Nu s-a decis încă nimic asupra tipului de sancțiuni, dar e foarte probabil ca acestea să afecteze negativ investițiile noastre în Rusia și chiar să ne silească să abandonăm orice fel de colaborare.

Despina găsise în sfârșit momentul să-și expună problema. Dmitri Medvedev a schițat un zâmbet și a tăcut o clipă, înainte de a răspunde.

– Iar sancțiuni? De mai mulți ani avem în vedere această marotă a americanilor și am luat măsuri ca să ne afecteze în minimă măsură. Înțeleg că nu puteți discuta investiții noi, dacă sunteți îngrijorată pentru cele pe care le aveți deja. Prima reacție este că, după mine, ați face o greșeală dacă ați încerca să vindeți filialele Dumneavoastră de pe teritoriul Federației Ruse. Nu ați reuși să o faceți fără pierderi extrem de însemnate.

Acesta era și concluzia la care ajunsese la București, în discuțiile cu Andra. Despina aștepta curioasă continuarea comentariilor lui Medvedev.

– Ceea ce pot face este să vă recomand un institut de experți, un *think-tank*, care să vă prezinte idei asupra modalităților de soluționare a problemei care vă preocupă. Vă asigur că, în ceea ce mă privește, rareori iau decizii de importanță majoră, fără să fac apel la părerea unui asemenea grup. În multe situații, au scos în evidență implicații sau consecințe ale unor decizii care îmi scăpaseră.

– Nu cred că corporația Totila a făcut vreodată apel la un *think-tank*.

– Poate că sunt mai puțin utilizate în lumea de afaceri, dar în politică sunt esențiale. Pot să vă pun în legătură cu unele din Rusia, care să vă dea informații utile, cunoscând mai bine situația de aici decât un grup de experți din Statele Unite.

– Vă mulțumesc foarte mult pentru această sugestie. Cu cine ar trebui să iau legătura?

– Pot ruga șeful meu de cabinet să vă dea o listă a tuturor institutelor din Rusia, dar sunt două institute care îmi trec prin minte. Mă gândesc la Centrul de Cercetări Strategice[14] și la Institutul de Economie Mondială și Relații Internaționale „E.M. Primakov"[15]. Cred că cel de al doilea este mai potrivit pentru problema care vă frământă. Pot să vă pun în legătură cu Aleksandr Aleksandrovich Dînkin, directorul institutului, care este membru al Academiei de Științe a Rusiei. Totuși, fiind mai în vârstă, nu se mai uită atât de atent la detalii care, pentru dumneavoastră, ar putea fi esențiale. L-aș putea recomanda pe Mihail Nikolaevici Golițîn, un cercetător mai tânăr, cu care am lucrat și care este extrem de bine pregătit. Dacă aveți alte preferințe, îmi voi da toată silința să le îndeplinesc, în limita posibilităților.

---

[14] Центр стратегических разработок – centru de cercetări din Moscova, înființat în 1999, specializat în monitorizarea și analiza indicatorilor dezvoltării socio-economice.

[15] Институт мировой экономики и международных отношений имени Е.М. Примакова – institut de cercetări subordonat Academiei de Științe a Rusiei, înființat în 1956, specializat în studiul tendințelor de dezvoltare a politicilor contemporane și a economiei mondiale și în elaborarea unei fundamentări fiabile a procesului de luare a unor decizii politice.

– Domnule prim-ministru, am deplină încredere în recomandările pe care mi le-ați făcut. Voi analiza cu grijă toate posibilitățile de a menține prezența concernului meu în Federația Rusă. Vă promit, de asemenea, că voi lua în considerare proiectele pe care le-ați prezentat, pentru a identifica componentele la care vom putea participa cu cea mai mare eficacitate.

– Doamnă Totila, vă mulțumesc pentru vizită. Dacă aveți vreo doleanță, vă rog să vă adresați imediat șefului meu de cabinet, pentru a evita să vă împiedicați în birocrația noastră, care poate fi deconcertantă, ca orice birocrație. Când plecați, acesta vă va spune cum puteți să ne contactați în caz de nevoie, deși Mihail Nikolaevici știe cum să o facă.

După ce s-au sculat, Medvedev a condus-o până la ușa biroului și, după câteva fraze politicoase, Despina a părăsit brioul prim-ministrului. Pe drumul de întoarcere la hotel, i-a spus lui Igor ce discutase, întrebându-l cum putea ajunge la Institutul de Economie Mondială. Răspunsul era că trebuia să aștepte; în scurt timp, probabil în două-trei zile, va fi contactată de cineva din cadrul institutului. Pentru moment, Igor i-a promis că va strânge informațiile cu privire la uzina chimică de la Nijni Novgorod, ca să vadă dacă Despina putea alege pe loc amplasamentul preferat, sau dacă problema trebuia analizată de experții de la New York. Despina nu avea de gând să stea atât de mult la Moscova. S-a dus la unul din restaurantele hotelului ca să mănânce ceva, înainte de a pleca să cutreiere orașul. Nu terminase dejunul când a auzit un mesaj la megafon:

– Doamna Despina Totila este căutată urgent la telefon.

A chemat un ospătar spunându-i că este persoana căutată. Imediat i s-a adus un telefon mobil și, după ce l-a deschis, a auzit o voce:

– Doamna Totila, eu sunt Mihail Goliţîn. Am fost informat de la cabinetul prim-ministrului că aţi avea nevoie de serviciile Institutului nostru şi aş fi fericit să vă fiu de folos.

– Mulţumesc pentru promptitudinea cu care m-aţi contactat. Într-adevăr, aş dori să avem o întrevedere.

– Perfect. Dacă vă convine, pot veni mâine dimineaţă, să zicem la ora zece, la hotelul Balciug Kempinski să discutăm ceea ce vă preocupă. Dacă sunteţi ocupată sau preferaţi alt loc de întâlnire, spuneţi-mi ce v-ar conveni.

– Mâine la ora zece în holul hotelului este perfect acceptabil.

După ce a închis telefonul, Despina a stat să reflecteze asupra motivului pentru care cabinetul prim-ministrului fusese atât de rapid. Trebuia să fie ceva care era foarte important pentru ruşi. Nu putea fi vorba de amplasarea uzinei chimice şi nici măcar sancţiunile, despre care nu ştiau nimic înainte de convorbirea lui Medvedev cu Despina. Nu se îndoia nicio clipă că fusese primită de prim-ministrului pentru că acesta era deosebit de interesat în a-şi asigura cooperarea concernului Totila pentru proiectul arctic; dovadă era faptul că citase cifre, scoţând în evidenţă potenţialul proiectului. Se întreba cum vor decurge discuţiile ulterioare.

Neavând alt program, Despina a decis să viziteze în cursul după-amiezii unul din muzeele moscovite. Cumpărase la hotel un ghid „Lonely Planet" şi a ales Galeriile Tretiakov, pe de o parte pentru că erau mai apropiate de hotel, iar pe de alta pentru că nu cunoştea arta rusească, pe când vizitase cele mai importante muzee de artă universală din ţările occidentale. La muzeu a admirat icoanele din perioada medievală şi a trecut prin pasajul subteran în biserica Sfântul Nicolae din Tolmachi, ca să vadă icoana Maicii Domnului din Vladimir. Arta mai nouă a impresionat-o mai puţin, poate cu excepţia lui Repin şi a lui Verresciaghin. La ieşirea din muzeu s-a oprit în restaurantul „Tutta la Vita", ca să nu-și ia toate mesele la hotel. Seara s-a uitat la documentele pe care i le lăsase Igor despre uzina chimică. Experții trustului propuseseră realizarea ei la Nijni Novgorod. Pentru a permite dezvoltarea altor localități din regiune, conducerea oblastului sugera amplasarea uzinei în orașul Șatki, care avea legături bune atât pe șosea, cât și pe calea ferată.

A doua zi, când a fost anunțată de recepția hotelului că era căutată, Despina a coborât în hol, unde a fost salutată de un bărbat, care i se părea cam de aceeași vârstă cu ea. Se aștepta la o persoană mai matură, dar ceea ce a surprins-o era ținuta lui: avea pantaloni de *corduroy* bej și o cămașă polo maro închis, fiind încălțat cu pantofi sport Nike. Bărbatul a salutat-o foarte politicos.

– Doamna Totila? Eu sunt Mihail Golițîn, dar dacă vreți puteți să-mi spuneți Mișa. Sunt șef de secție în Institutul de Economie Mondială și Relații Internaționale „E.M. Primakov" și, așa cum v-am spus la telefon, vă stau la dispoziție.

– Pot să-ți spun Mișa, doar dacă îmi spui Despina.

– Nu știu dacă ar fi cuviincios.

– De ce n-ar fi? Este vorba de reciprocitate. În relațiile dintre doi oameni nu ar trebui să existe sens unic. Spune-mi mai degrabă unde vrei să stăm de vorbă.

– Oriunde. Iunie fiind o lună foarte plăcută la Moscova, v-aș sugera să discutăm în parcul Zariadie, de dincolo de râu.

– În parc?

– De ce nu? O discuție poate fi mult mai plăcută, dacă are loc într-o ambianță potrivită. La funcția pe care o aveți, este imposibil să nu simțiți uneori dorința de a distruge măcar unul din pereții care vă înconjoară.

– Bine, hai să stăm de vorbă în parc.

Pe când treceau podul Bolșoi Moskvoretski, Mihail îi povestea că parcul fusese recent amenajat în locul hotelului „Rossia", în trecut cel mai mare din lume, care fusese dărâmat, fiind grav avariat în urma unui incendiu. Odată cu parcul fusese construită și sala de concerte de la extremitate.

– Dacă nu ai alt program în seara asta, mi-aș permite să te invit la concertul Orchestrei de Jazz din Moscova. În seara aceasta, în mod excepțional, concertează și pianistul Oleg Akkuratov.

– Mulțumesc. Abia am sosit și oricum, nu am învățat încă să mă descurc singură aici. Mă gândeam să găsesc un restaurant bun prin apropiere, ca să nu mănânc doar la hotel și apoi să mă retrag sub cort.

– Aș putea să-ți recomand câteva restaurante bune, însă nu ar trebui să părăsești Moscova, fără să treci pe la restaurantul „White Rabbit". Nu sunt în stare să explic de ce nu are un nume în limba rusă, însă este considerat unul din cele mai bune restaurante din lume. Aș fi onorat dacă mi-ai da voie să te însoțesc.

– Accept cu plăcere ambele invitații.

– Dă-mi voie, două clipe, să rog secretara mea să se ocupe de bilete și să facă rezervarea necesară la restaurant.

Despina era din ce în ce mai mirată de ceea ce i se întâmpla în Rusia. În loc să stea într-un birou și să aibă o discuție despre consecințele unor sancțiuni, se plimba printr-un parc, accepta să se ducă la un concert de jazz și la unul din cele mai bune restaurante, nu din Moscova sau din Rusia, ci din lume. Se întreba dacă se puteau obține bilete bune chiar în ziua spectacolului.

Conversația telefonică a lui Mihail nu ținuse mult. După ce terminase, Mihail i-a propus Despinei să se așeze pe o bancă:

– Cred că ești de acord că cel mai important este să te bucuri de viață. Acum că am pus la cale partea agreabilă, putem să trecem la cea aridă și să discutăm despre afacerile tale. Îți înțeleg îngrijorarea din cauza posibilității ca congresul sau administrația din Statele Unite să impună noi sancțiuni împotriva Rusiei, care ar putea pune în pericol investițiile concernului Totila.

– Exact.

– Dacă americanii ar lua decizii în mod rațional, nu ar trebui să se joace cu sancțiuni. Oricum, ar avea un efect limitat; guvernul nostru se străduiește de ani de zile să pregătească economia Rusiei să poate rezista unei asemenea situații. Ne mai trebuie vreo trei ani, ca să atingem acest stadiu. Chiar astăzi, noi sancțiuni ar lovi Europa de Vest mai mult decât ne-ar lovi pe noi. Dar lumea nu este logică și este foarte înțelept din partea ta să te gândești la măsuri care să te pună în siguranță.

– Aș vrea să găsesc o soluție, fără să fiu nevoită să le înstrăinez.

– De bună seamă. Aș propune să te gândești la niște *shell companies,* care servesc ca intermediar, fără să fie proprietar al investiției. Este o soluție perfect legală.

– Știu ce sunt, dar sunt folosite în special pentru evaziunea taxelor fiscale, fiind înregistrate în țări cu taxe mai reduse.

– Sunt de acord că acesta este motivul principal. Dar ai putea înregistra o asemenea *shell company,* să zicem în Kazahstan, care nu este o țară sancționată. Această companie subsidiară ar putea să se ocupe de investițiile din Federația Rusă, deoarece Kazahstanul nu impune sancțiuni împotriva Rusiei.

– Pare fezabil. Ai dat Kazahstanul doar ca un exemplu?

– Nu chiar. Dacă Statele Unite impun sancțiuni, vor sili și alte state să le impună, altfel ar fi ineficiente. Trebuie aleasă o țară să fie suficient de puternică din punct de vedere economic pentru ca Statele Unite să nu o poată sili să le aplice și care să aibă legături suficient de strânse cu Rusia, pentru ca adoptarea unei asemenea politici de sancționare să-i producă prejudicii inacceptabile. Kazahstanul îndeplinește ambele condiții.

Despina și Mihail au continuat să dezbată subiectul, ajungând la un consens. Discuția a trecut apoi la eventuala implicare a concernului Totila în proiectele pe care le menționase Medvedev. Mihai a început să dea lămuriri Despinei:

– Proiectul conductelor până în China nu este greu de explicat. Există pe lume zeci de mii de kilometri de conducte similare. Proiectul Căii de Navigație Arctice este mult mai interesant

– Nu înțeleg de ce. Dacă Oceanul Arctic se dezgheață, vapoarele pot naviga pe acolo.

– Nu-i chiar atât de simplu. Nu mai suntem pe vremea lui Cristofor Columb să putem naviga fără a face escale. De altfel, chiar pe atunci, nu trebuie uitat că Magellan, Cook și Lapérouse, ca să menționez doar câțiva, au fost nevoiți să acosteze ca să se reaprovizioneze și au murit uciși de băștinași. În lungul căii navigabile trebuie construite porturi, unde vapoarele să se poată reaproviziona, repara sau adăposti. Pentru moment ne gândeam la amenajarea porturilor Tiksi la vărsarea râului Lena și Dudinka la vărsarea râului Enisei, ambele pe Marea Laptev. Fără îndoială, vor mai fi identificate și altele. De altfel, calea navigabilă poate fi un mod foarte economic de a transporta produsele industriei extractive din Siberia.

La prânz, Mihail a invitat-o pe Despina la restaurantul „Voshod" o construcție circulară cu sticlă de jur-împrejur. Restaurantul era excelent. În timpul mesei conversația s-a orientat spre subiecte mai generale, legate de mediul de afaceri din Rusia. Încercând să lămurească întrebările Despinei, Mihail i-a expus teoriile sale:

– Ceea ce trebuie înțeles este faptul că, pe lângă criteriile economice general valabile ale unei economii de piață, există și trăsături specifice care diferă de la o țară la alta și pe care analizele făcute de marile companii internaționale, inclusiv concernul Totila, le ignoră și nici măcar nu sunt conștiente de ele. Mentalitatea populației din Statele Unite, Rusia, India sau China este diferită din cauza unei evoluții istorice diferite.

– Ce este atât de diferit? Concernul Totila are afaceri în toate aceste țări, fără a întâmpina dificultăți.

– S-ar putea să ai dreptate, dacă te gândești doar la profitul imediat pe care îl faci. Dar pentru a avea o eficiență de durată mai lungă, trebuie să ții seama de filozofia fiecărei țări în parte. Încearcă să negociezi cu un indian: poate că îți va da impresia că discută pe aceeași bază cu tine, însă, dacă încerci să pătrunzi mai în adâncime, îți vei da seama că, sub un strat subțire de cultură occidentală, vei găsi milenii de brahmanism, pe care o efemeră includere în imperiul britanic nu a putut să le șteargă.

– Și cum s-ar putea remedia această inadvertență?

– De pildă, cât timp ești aici, ai putea să încerci să înțelegi ceva din specificul poporului rus.

– Mihail, am venit aici pentru afaceri, nu pentru a vizita monumente istorice.

– Nu vorbeam despre turism. Îți propuneam să vezi zonele în care ar fi amplasate viitoarele investiții ale concernului Totila. Va fi nevoie de câteva zile până să fie întocmite toate actele de înființare ale unei companii în Kazahstan. În loc să te întorci la New York și apoi se faci o călătorie lungă până la Almatî, pentru a semna documentele de înființare a companiei, am putea vizita o parte din zona unde sunt necesare proiecte extinse de dezvoltare a infrastructurii.

– Dacă este vorba de câteva zile, aș fi de acord.

– Voi afla ce zboruri au diferitele linii aeriene și voi veni mâine cu o propunere de itinerar.

– Trebuie doar să vii cu lista destinațiilor. Am avionul meu cu care putem zbura oriunde.

– Uitasem că vorbesc cu un magnat al marii finanțe internaționale.

Mihail și-a luat rămas-bun de la Despina, ca să facă aranjamentele asupra cărora căzuseră de acord și, seara, a revenit să o ia de la hotel ca să meargă la concert. De data aceasta era îmbrăcat în costum cu cravată. După întâlnirea de dimineață, Despina nu era lămurită asupra protocolului din Rusia și se îmbrăcase într-o fustă înflorată și o bluză albă; văzându-l pe Mihai, s-a întrebat dacă nu ar fi trebuit să se îmbrace mai sobru, însă, ajungând la concert, a constatat că ținuta ei era adecvată.

În prima parte a concertat Oleg Akkuratov, care nu era doar pianist, dar și vocalist. Unele erau cântate în limba engleză, însă cele mai multe melodii erau interpretate în limba rusă. Akkuratov avea o voce plăcută și era fără îndoială un artist de prima mână. Spre surprinderea Despinei, artistul era complet orb. În partea a doua a concertat orchestra de jazz condusă de Igor Butman. În afară de pian, contrabas și baterie, orchestra cuprindea aproape numai suflători: saxofoane, trompete și tromboane. Dirijorul Butman participa și ca solist saxofonist sau trompetist. Concertul a încântat-o pe Despina, dar a și surprins-o. Pe drum spre restaurant a comentat:

– Nu mă așteptam la așa un concert de jazz în Rusia.

– Orchestra lui Butman a concertat și în Statele Unite la Kennedy Center și Lincoln Center.

– Recunosc că nu am fost niciodată la un concert de muzică de jazz în America. Nu știu de ce, dar credeam că era un fel de muzică de dans de pe vremea străbunicilor.

– Bine că ai venit la Moscova, să faci cunoștință cu muzica de jazz.

Restaurantul White Rabbit se afla la etajul 16 al unui bloc din Piața Smolensk, unul din elementele de atracție fiind vederea asupra orașului. Deși Despina știa că restaurantele cu pretenții își descriau mâncărurile în mod alambicat, meniul părea foarte extravagant. S-a hotărât pentru arici de mare din Murmansk cu garnitură de căpșuni, cantalup, urzici și susan, urmat de caracatiță la grătar cu ciuperci chanterelle, iar ca desert o prăjitură Pavlova cu cremă de stafide. Deoarece comandase pește, Mihail a cerut o sticlă de vin alb spumant *Tête de Cheval* din regiunea Krasnodar. Mâncarea era într-adevăr excelentă.

La sfârșitul mesei, Mihail i-a propus să meargă la un *nightclub*. Despina fusese doar de câteva ori la asemenea cluburi; a acceptat, precizând că nu voia să stea decât cel mult o oră. Mihail a dus-o la Disco 90, care, după spusele lui, ar fi fost unul din cele mai selecte din oraș. Au luat loc într-o nișă, pe fotolii foarte comode și au comandat câte un cocktail. Despina a găsit că muzica era bună, dar ringul de dans înghesuit. Peste o oră, Despina s-a decis să se întoarcă la hotel; nu avea de gând să petreacă toată noaptea și venise doar din curiozitate.

A doua zi, dimineața, s-a întâlnit la hotel cu Mihail și cu Igor să definitiveze programul. Au căzut de acord să plece, toți trei, a doua zi la Nijni Novgorod, pentru ca Despina să vadă cele două amplasamente și să decidă asupra celui preferat, sau măcar să se lămurească asupra avantajelor și dezavantajelor fiecăruia. După aceea, Igor trebuia să se ducă la Almatî, să discute cu avocații kazahi și să pregătească actele pentru înființarea companiei din Kazahstan. După câteva zile, urma să se reîntâlnească la Astana cu Despina și Mihail, care între timp ar fi vizitat unele locuri cheie pentru calea de navigație arctică.

Discuția nu durase mult. Din moment ce plecau a doua zi, Mihail i-a propus Despinei să-i arate o parte din Moscova. Seara, o invita la o reprezentație la Teatrul Bolșoi. Au pornit împreună la Kremlin. Pe drum, Mihail a întrebat-o dacă avea îmbrăcăminte călduroasă cu ea. Întrebarea i s-a părut ciudată, la urma urmei erau la începutul verii. Totuși, după Mihail, în zonele arctice, pe care intenționa să le viziteze, chiar și verile puteau fi răcoroase.

La Kremlin, Despina a vizitat cele trei biserici care supraviețuiseră perioadei staliniste: Catedrala Adormirii Maicii Domnului, în care, de la 1546, fuseseră încoronați toții țarii Rusiei, Catedrala Bunei Vestiri, inițial capela personală a țarilor și Catedrala Arhanghelului Mihail, necropola țarilor. Despina a apreciat ghidajul lui Mihail care îi dădea explicații cu dezinvoltură, uneori cu umor, alteori cu tristețe. Cunoștințele lui erau impresionante; în ultimă instanță, era un economist. Despina se îndoia că ar fi putut conduce în același mod prieteni care o vizitau la New York sau la Valencia.

Între timp, trecuse de ora prânzului și, deoarece Despina trebuia să cumpere îmbrăcăminte, a renunțat să viziteze muzeul din clădirea armurăriei. Au traversat Piața Roșie și au intrat la Magazinul Universal GUM, care de fapt era un mall cu multe magazine, oprindu-se pentru dejun la restaurantul „Stolovaya 57" din incinta mall-ului. Când au terminat, Despina i-a spus lui Mihail că nu avea nici un rost să-și piardă vremea cât timp făcea cumpărături. Putea perfect să se descurce într-un mall, indiferent în ce țară era.

După ce și-a terminat cumpărăturile, a colindat singură prin cartierul Arbat, care era recomandat în ghidul ei Erau mai multe străzi pietonale, cu magazine și cu cafenele sau restaurante, pe care lumea se plimba, fără să aibă neapărat intenția de a cumpăra ceva. Cartierul nu i-a displăcut, însă Despina nu l-a considerat mult diferit de zonele pietonale din alte orașe europene. Constatând că se rătăcise, a fost fericită că a găsit un taxi care să o ducă înapoi la Balciug Kempinski. Seara, Mihail a venit să o ia și, pe drum, Despina l-a întrebat la ce spectacol mergeau.

– E un balet numit „Pietre Prețioase", creat inițial de George Balanchine.

– Credeam că la Bolșoi se prezintă numai balete clasice ca „Lacul Lebedelor" sau „Giselle".

– Pe vremuri! Ne modernizăm și noi. De altfel, atât coregrafia cât și muzica sunt clasice. Primul act „Smaragde" are muzica de Fauré, următorul „Rubine" de Stravinski și ultimul „Diamante" de inevitabilul Ceaikovski. Totuși, acum, se prezintă la Bolșoi și balete moderne. Dacă știam că preferi baletul contemporan, luam bilete la teatrul „Novîi Balet" care este specializat în acest gen.

După spectacol, Mihail a invitat-o iar la dineu. Despina intenționase să se întoarcă la hotel, dar nu vedea cum putea să-i spună că prefera să mănânce singura. De data aceasta, Mihail alesese restaurantul „Ruski", situat la etajul 86 al complexului OKO, din zona Moscow City, pe care o vizitase când se dusese la sediul filialei Totila. Localul se lăuda că era restaurantul situat la cea mai mare înălțime din Europa; în plus, avea o vedere inegalabilă asupra Moscovei. Despina începea să descopere că rușii aveau o înclinație de a arăta că realizările lor erau „cel mai ceva" și aveau o manie cu vederea din restaurante, ca și cum n-ar trebui să se uite întâi în farfurie. De data aceasta au început cu icre negre, după care Despina a comandat midii Basurman în șampanie, urmate de friptură de căprioară cu garnitură de praz, cireșe fierte și hrișcă cu ciuperci porcini. Ca desert a ales crème brulée cu cătină. Mihail a ales un Cabernet Sauvignon Rem Akchuri din Sevastopol, care se potrivea cu vânat. A și glumit, spunându-i Despinei că trebuia neapărat să profite de ocazia de a-l gusta. Fiind produs în Crimeea, era supus sancțiunilor și nu putea fi comercializat în Statele Unite. Primul pahar era deci și un prim pas pentru încălcarea sancțiunilor americane.

Întoarsă la hotel, pe când se culca, Despina se gândea la cele patru zile petrecute la Moscova, care fuseseră o succesiune de evenimente neașteptate. Petrecuse ultimele două zile în compania lui Mihail Golițîn. Fără nicio îndoială fusese însărcinat de cabinetul prim-ministrului să se ocupe de ea. Despina nu era naivă. Era imposibil să obții, în ultimul moment, bilete la spectacole pentru locuri centrale în primul rând: trebuiau să fie bilete oficiale. Era îndoielnic că, chiar dacă Mihail avea un salariu bun, putea să-și permită să invite o persoană pe care abia o cunoscuse, la restaurantele cele mai scumpe din oraș. Dar, pe lângă toate acestea, rămăsese cu impresia că Mihai se purtase mai puțin formal, ca și cum relația dintre ei ar fi fost personală și nu oficială. Era curioasă ce se va petrece în timpul călătoriei în Siberia și Kazahstan.

Capitolul IV

Sig și-a întâlnit prietenii la Atena. Cu doi dintre ei, Oliver Franklin și Larry Cullimore fusese coleg la West Point; amândoi veneau din familii de fermieri din Midwest, centrul Statelor Unite. Pe ceilalți doi, Ion Moraru, descendent dintr-o familie de ardeleni care emigraseră în Ohio cu un secol înainte și Nacho Delgado, ai cărui bunici fugiseră din Cuba în Florida, îi cunoscuse în Afganistan. Ceea ce îi legase era faptul că se înscriseseră la școli militare pentru că nu plăteau taxe, având în schimb obligația să rămână în forțele armate americane un anumit timp. Ca și Sig, niciunul nu avea vreo intenție să urmeze o carieră militară. Formaseră în Afganistan un grup pe care îl denumiseră „The Lions", leii, nume care cuprindea inițialele lor.

Toți cei cinci lei erau încântați că scăpaseră de rigiditatea vieții cazone și erau deciși să se bucure de această vacanță, înainte de a-și găsi un rost în afara forțelor armate. Nu-și stabiliseră un itinerar, pentru a putea alege, la fața locului, unde să se ducă. În principiu, voiau să exploreze insulele din Marea Egee, imaginându-și că marea era un simbol al libertății pe care și-o câștigaseră când, în sfârșit, avuseseră dreptul de a părăsi milităria.

După ce exploraseră Attica timp de câteva zile, au ales Creta ca primă destinație a periplului lor mediteraneean și au plecat cu avionul până la Heraklion. Au petrecut o zi la Knossos, vizitând palatul regelui Minos.

Larry și Nacho au fost revoltați când li s-a spus că labirintul minotaurului nu exista în realitate. Nu erau inculți și aflaseră totul despre minotaur, cu vreo zece ani în urmă, dintr-un film horror. Au încercat să-i convingă pe ceilalți că minotaurul nu avea trup de om, ci era un monstru patruped, iar eroul care reușise să-l omoare se numea Teo, nu Teseu; regizorii filmelor se bazau pe o documentare temeinică. Nu exista nicio îndoială că grecii le ascundeau ceva.

La hotel le fusese recomandată vizitarea mănăstirii Arkadi, propunere pe care au acceptat-o cu toții, pentru că niciunul nu vizitase vreodată o mănăstire ortodoxă. Nu au aflat aproape nimic despre mănăstire, ghidul care i-a condus insistând asupra asediului mănăstirii de către trupele otomane, când fusese în mare parte distrusă în urma exploziei magaziei cu praf de pușcă. Fiind foști militari, erau interesați de relatarea asediului, însă nu înțelegeau de ce trebuiau construite depozite de muniții în mănăstirile ortodoxe.

Apoi au plecat să viziteze peștera Psychro în care, conform mitologiei, se născuse Zeus. Deși nu era un drum greu, l-au parcurs călărind pe măgăruși, care se puteau închiria de la localnici. De altfel, drumul i-a distrat mult mai mult decât peștera care iscase alte controverse. Ion era furios pentru că văzură doar o cavernă, fără să li se spună unde exact se născuse Zeus. Dacă locul nu putea fi identificat cu precizie, măcar cristelnița în care fusese botezat ar fi trebuit expusă. Sig, care urmase cursurile liceale în Spania, încercase să-și convingă prietenii că zeii greci nu se botezau, însă aceștia îl ascultaseră increduli.

Hoinărind pe străzile din Heraklion, după întoarcerea din excursie, s-au oprit să se uite mai atent la Loggia Venețiană, una din clădirile istorice din oraș, sediul primăriei. Și aceasta a dat loc la discuții aprinse. Ion Moraru se întreba de ce exista o clădire venețiană în

Creta, explicația găsită de Larry Cullimore fiind că, probabil, Veneția era un oraș din Grecia. Sig renunțase la a mai participa la discuțiile de acest gen.

Serile s-au dus la restaurant și au încercat tot felul de mâncăruri cu denumiri ciudate ca: țațiki, skordalia, dolmadakia, kreatopita, giouvetsi, gyros, sau suvlaki. Trăind multă vreme la Valencia, Sig era obișnuit cu mâncarea mediteraneeană, însă colegii săi au declarat că nu se puteau compara, nici pe departe, cu un hamburger american de la „Burger King".

Plictisiți de explorările arheologice, Nacho și Larry au reușit să-și convingă colegii să petreacă trei sau patru zile pe malul mării, stând alungiți la soare sau scăldându-se. Pentru ca șederea să nu fie monotonă, au încercat diferite plaje din vecinătatea Heraklionului, printre care Ligaria și Arina. Au reușit să intre în vorbă cu niște fete finlandeze, norvegience sau chiar italience, eșuate, din cine știe ce motive, în Grecia. Unele acceptaseră invitația de a ieși seara la restaurant, însă nu erau dispuse să meargă mai departe. Italiencele le explicaseră clar că farniente însemna „far niente". Băieții nu o luaseră în tragic; se puteau perfect consola la unul din barurile din oraș. Băutura locală ouzo nu era buvabilă, dar chiar dacă nu se găsea peste tot un bourbon bun de Tennessee, putea perfect fi înlocuit printr-un scotch.

Pentru întoarcerea din Creta, cei cinci lei hotărâseră să călătorească cu vaporul. În ultimă instanță, când își planificaseră vacanța, aleseseră Marea Egee, ca să schimbe decorul față de ariditatea Afganistanului, unde nu văzuseră nici măcar un lac. Luaseră feribotul care pleca seara de la Heraklion. După ce dormiseră noaptea pe punte, au sosit la Pireu, puțin după ora șase dimineața.

Interesându-se la o agenție turistică asupra altor insule care se mai puteau vizita, au ales ca primă destinație Skiathos. Leii voiau să demonstreze, oricui ar fi fost interesat, că nu-și modificau ușor deciziile și, de aceea, erau obligați să mențină principiul adoptat în Creta de a naviga și nu de a zbura peste Marea Egee. Ca să nu piardă toată ziua pe drum, s-au decis să ia ultimul feribot spre Skiathos și, între timp, să se mai distreze în Atena. În timpul dimineții au luat funicularul până în vârful Lycabettos, doar pentru motivul că cei mai mulți dintre ei nu se urcaseră niciodată într-un funicular. După-amiază au hoinărit prin magazinele din Monastiraki, până și-au dat seama că pierduseră prea multă vreme. Au luat în grabă un taxi care să-i ducă până la Agios Konstantinos, unde au aflat că întârziaseră și feribotul plecase.

Un localnic le-a spus că exista posibilitatea să ajungă la Skiathos cu o ambarcație pneumatică cu motor. Deși putea transporta până la 12 pasageri, căpitanul era probabil dispus să facă o cursă doar cu cinci. De altfel, se nimereau totdeauna câțiva întârziați, care nu voiau să aștepte până când pleca următorul feribot, tocmai a doua zi. Căpitanul Mitsos putea fi găsit la Taverna Drosia, de pe promenada din lungul Golfului Maliac.

Taverna nu a fost greu de găsit și, după ce au intrat, Sig și prietenii săi au fost îndreptați către bar, unde era așezat un bărbat bărbos fumând o pipă, pe când se uita visător la o sticlă de *raki* și la păhăruțul de lângă ea:

– Skiathos? Câți sunteți? Cinci? Bine, vă duc. Așteptați-mă afară până când îmi termin cina. Poate, între timp, mai apar alți amatori. Pe urmă, mergem cu toții până în port să ne îmbarcăm.

Leii au dezbătut, dacă era cazul să mănânce și ei aici, dar au respins ideea. Restaurantul nu le inspirase multă încredere și căpitanul, care era la bar, putea să apară înainte ca ei să-și termine dineul. Ipoteza fusese însă greșită, deoarece căpitanul mai stătuse o oră, în tovărășia sticlei sale de *raki*. Avusese însă dreptate cu privire la eventualitatea altor amatori, pentru că se mai adunaseră alți cinci pasageri.

O parte din călători păreau surprinși că trebuiau să se urce într-o barcă pneumatică, cu atât mai mult cu cât călătoria ținea în jur de două ore și se înnopta mult mai curând. Niciunul din cei cinci prieteni nu avea asemenea preocupări: învățaseră să utilizeze asemenea ambarcații în timpul instrucției militare și nu se îndoiau că bărbosul lor căpitan avea receptoare GPS, care să-i permită navigația în ceață sau în întuneric.

Când s-au instalat în ambarcație, Sig era așezat lângă o fetiță foarte interesată de tot ce se întâmpla în jurul ei. Bărbatul de lângă ea vorbea cu ea într-o limbă pe care Sig nu era în stare să o identifice. Din când în când, bărbatul se întorcea spre o femeie așezată pe bancheta din spate, schimbând câteva cuvinte cu ea în aceeași limbă. Sig presupunea că erau părinții fetiței, și voise să-i propună femeii să se așeze lângă fiica ei. Totuși, deoarece ambarcația ajunsese deja în larg, pasagerii nu-și mai puteau schimba locurile.

Pe când începeau să străbată Strâmtoarea Artemisio, trecând în lungul insulei Euboea, Sig a întrebat-o:

– Cum te cheamă?

Fetița n-a răspuns, însă tatăl ei a intervenit:

– Fiica mea nu vorbește englezește.

Apoi i-a spus fetiței ceva în limba necunoscută pe care o vorbea. Aceasta s-a întors spre Sig, spunându-i zâmbind:

– Nadejda.

Sig a arătat spre el, spunând: Sig, apoi spre ea spunând Nadejda. A repetat aceste gesturi de două ori, după care fetița a început să râdă, și a făcut și ea aceleași gesturi, repetând Sig de mai multe ori, îndreptându-și mânuța spre el. Sig l-a întrebat pe tatăl fetiței:

– Nu vă supărați. Nu cred că am mai auzit limba pe care o vorbiți. De unde sunteți?

– Suntem din Republica Srpska.

– Adică?

– Suntem din partea sârbească din Bosnia-Herțegovina. Puterile occidentale, care își bagă nasul în toate țările, ne obligă să fim bosniaci. Este de înțeles că nu ai auzit de Republica Srpska. Oamenii de la noi sunt destul de săraci, față de alte țări europene. De pildă, eu sunt avocat și câștig mult mai bine decât alți conaționali și tot am fost nevoit să aștept șase ani, după ce m-am căsătorit, ca să-mi pot permite această excursie.

Din ambarcație, pasagerii puteau admira, cum amurgul se lăsa în partea dreaptă, pe malul cu un relief accidentat și aparent nelocuit din nordul Eubeii iar în stânga, cel mai ospitalier al Ftiotidei. Se întunecase aproape complet când ambarcația a trecut de farul de pe insula Argyronisos intrând în Marea Egee. Era o noapte senină, fără lună. Chiar și cei cinci lei nu se simțeau în deplină siguranță pe o ambarcațiune mică în întunericul care îi înconjura. Totuși, căpitanul părea să știe încotro naviga și, după aproape o oră le-a arătat câteva lumini din depărtare:

– Uitați-vă, acolo este Skiathos. Peste vreo douăzeci de minute acostăm.

Oliver, care era așezat în fața lui Sig, s-a aplecat spre acesta:

– Sig, verifică și tu. De câteva minute urmăresc marginea asta a ambarcației. Mi se pare că se dezumflă.

Sig a verificat și el:

– Ai dreptate, Oliver. Să sperăm că ajungem în timp. Știi că partea gonflabilă este compartimentată și chiar dacă o parte se dezumflă, ambarcația nu se scufundă.

– Toți știm asta. Dar cine știe dacă ambarcația asta este concepută la fel cu cele pe care le utilizam în armată. Și nu-i normal ca un compartiment să cedeze așa din senin.

Sig l-a alertat pe căpitan care era în partea din spate a ambarcației, manevrând motorul. Acesta a răspuns morocănos:

– Nu-i nimic. Nu vă faceți griji. Căpitănia din Skiathos știe că suntem pe drum și, dacă e nevoie, trimite pe cineva să ne scoată la liman.

Sig nu a găsit răspunsul foarte încurajator. A urmat o discuție între cei cinci lei:

– Ce facem dacă ambarcația nu rezistă? Stăm să așteptăm să vină echipa de salvare sau încercăm să ajungem la mal?

– Distanța până la mal pare să nu fie mult mai mare de o milă, poate o milă și jumătate.

– Nu ne-ar fi greu să înotăm până la mal. Cine știe dacă apare o echipă mai repede. De altfel, în bezna asta ar putea să nu ne vadă.

– Totul e să rămânem împreună și să înotăm în aceeași direcție.

– Scoateți-vă toată îmbrăcămintea inutilă. Luați-vă cu voi numai actele și strictul necesar. Este totuși o distanță mare și nu trebuie să facem înotul mai dificil.

Discuția fusese utilă. Peste câteva minute partea gonflabilă de lângă Sig s-a dezumflat brusc cu un fâsâit puternic. Ambarcația s-a înclinat puternic iar Sig, Oliver și ceilalți pasageri așezați pe aceeași parte au fost primii care au alunecat în apă. Ceilalți au reușit să se mai țină de cabluri în lungul bordului opus, care nu se dezumflase. Ce rămăsese din ambarcație s-a mai dezmembrat o dată când motorul a rupt partea din spate și a căzut în adâncuri.

Când Sig căzuse în apă, odată cu el alunecase și Nadejda, care stătea lângă el. Sig a reușit să o prindă. Nadejda nu-și dădea seama ce se întâmplă, fiind atât de speriată încât nu era în stare să scoată nici un sunet. Când cei cinci prieteni au reușit să se găsească în apă, Sig le-a spus că salvase fetița. Nu puteau să o lase să se înece. Pasagerii adulți puteau să se mențină la suprafață cu ajutorul uneia din multiplele părți plutitoare. Pentru fetiță nu exista decât posibilitatea să o ia cu ei.

Întâi au încercat să se orienteze, determinând direcția în care trebuiau să înoate. Din apă, luminile de pe mal erau mai greu de văzut, totuși erau singurul reper pe care îl aveau. Au înotat luând-o alternativ în spate pe Nadejda. Au făcut-o repede să înțeleagă să-și țină mâinile în jurul gâtului băiatului care o transporta. După un timp, care li s-a părut o eternitate, au eșuat pe o mică plajă. Niciunui dintre ei nu ar fi fost în stare să spună cât au stat pe mal, dar la un moment dat, Ion i-a alertat pe ceilalți. În lungul malului se deplasa o vedetă având la proră două reflectoare, unul dintre ele îndreptat spre mal și al doilea spre largul mării. Era evident că vedeta căuta ceva și cei cinci lei s-au ridicat în picioare, dând din mâini. Vedeta s-a îndreptat spre mal și, deși nu putea acosta din cauza adâncimii mici din dreptul plajei, cu ajutorul unui megafon le-a transmis un mesaj în limba greacă și apoi în limba engleză, că fuseseră văzuți și că o mașină va veni să-i ia în scurt timp. În nici cinci minute a apărut un microbuz. Un asistent medical i-a întrebat dacă aveau nevoie de ajutor medical și le-a verificat funcțiile vitale. Au mai fost întrebați dacă știau de alte persoane, care ar fi eșuat pe malul insulei.

Echipa de intervenție i-a dus la Skiathos, unde au fost cazați la un hotel ca să-și poată reveni. A doua zi, după ce se sculau, urmau să dea autorităților declarații asupra circumstanțelor accidentului. Deoarece Nadejda stătea tot timpul lângă Sig, agenții sanitari au crezut că era fiica lui și nu au pus alte întrebări. Prima grijă era ca naufragiații să se odihnească.

Dimineața, cei cinci prieteni s-au dus să cumpere în primul rând încălțăminte și apoi îmbrăcăminte pentru Nadejda. Când s-au dus la poliție, s-au legitimat și au explicat că Nadejda era fiica altor pasageri de pe ambarcație. Declarația lor confirma, ceea ce poliția știa deja, că fuseseră zece pasageri. Căpitanul și alți doi pasageri fuseseră salvați de vasele trimise în ajutor. Lipseau doi pasageri și poliția nu știa cine erau. De altfel, șeful poliției era furios pe căpitan, care era obligat să pună toți pasagerii să îmbrace veste de salvare; fiind beat nu-și îndeplinise îndatorirea.

Acum situația se complica. Cei doi pasageri lipsă erau cetățeni ai Bosniei-Herțegovina. Șeful poliției a găsit la Skiathos, fără mari dificultăți, o persoană care să vorbească limba sârbă. Nadejda nu știa nici care era numele ei de familie, nici orașul din care venea. Având pe cineva care o înțelegea, Nadejda a întrebat de ce nu veneau părinții ei să o ia. Chiar dacă Sig era un bărbat prietenos, îi voia pe părinții ei. Șeful poliției a luat legătura cu consulatul Bosniei-Herțegovinei de la Atena, care a promis să trimită a doua zi un funcționar care să încerce să lămurească situația. Între timp, trebuia găsită o soluție pentru a avea grijă de o fetiță de cinci ani de la celălalt capăt al peninsulei Balcanice, care se rătăcise pe o insulă din arhipelagul Sporadelor. A găsit o familie localnică binevoitoare care să se ocupe de Nadejda, însă când translatoarea i-a spus că se va duce la familia respectivă, fetița s-a apucat de piciorul lui Sig și a început să plângă. Era agitată de toată tevatura și Sig era singura persoană pe care o cunoștea de când nu mai fusese cu părinții ei. Sig și colegii săi au declarat că erau dispuși să se ocupe de Nadejda până se lămurea situația.

După masă, când aveau mai mult timp, leii și Nadejda au plecat iar prin oraș să-și completeze garderoba și să achiziționeze alte obiecte de primă necesitate. Într-un magazin de obiecte pentru copii, Nadejda s-a oprit să se uite la un *teddy bear* aproape la fel de înalt ca ea. Băieții au decis să i-l cumpere și l-au cărat pe rând până la hotel.

În timpul cât erau la restaurant sau în oraș, băieții au încercat să o învețe pe Nadejda câteva cuvinte englezești, ca să poată cât de cât comunica cu ea. Îi arătau diferite obiecte, apoi pronunțau încet cuvântul în limba engleză, punând-o să-l repete. Apoi, dacă se ivea ocazia, îi arătau același obiect, încercând să vadă dacă își amintea cum se numește. Nadejda era o fetiță deșteaptă și avea o memorie bună, astfel încât, la sfârșitul zilei, învățase vreo cincizeci de cuvinte. Rămânea de văzut dacă și le va aminti și în dimineața următoare, însă, oricum, era un început.

Seara, când au ajuns la hotel, Nadejda s-a retras în aceeași cameră cu Sig, așa cum făcuse în noaptea precedentă. Circumstanțele erau însă diferite: atunci erau istoviți după naufragiul căruia îi supraviețuiseră, pe când acum erau condiții care trebuiau să fie normale. Sig nu știa deloc dacă era în stare să se ocupe de o fetiță. Dar, înainte de a se culca, Nadejda s-a dus în camera de baie și, după ce a luat o periuță pe care și-a pus puțină pastă, a început să se spele pe dinți. Sig a răsuflat puțin ușurat; chiar dacă era mică, fetița deprinsese anumite obiceiuri.

După ce s-a întors de la baie, s-a urcat în pat și a început să se uite în jur, căutând ceva. Când Sig a privit-o întrebător, Nadejda a căutat să-l lămurească, repetând de câteva ori:

– Ikona, ikona.

Cuvântul nu era greu de tradus. După ce a înțeles semnul lui Sig că nu exista nicio icoană în cameră, Nadejda s-a pus în genunchi cu fața spre capul patului, s-a închinat și a început să șoptească:

– Oče naš, koji si na nebesima..., i ne uvedi nas u iskušenje, no izbavi nas od zloga.[16]

Apoi s-a întors spre Sig, spunându-i:

– Laku noć.[17]

După o scurtă ezitare, ca și când ar fi uitat ceva, a repetat:

---

[16] Tatăl nostru care ești în ceruri... și nu ne duce pe noi în ispită, ci ne izbăvește de cel rău. (în limba sârbă)
[17] Noapte bună. (în limba sârbă)

– Laku noć, Sig; și s-a întins luându-și ursulețul în brațe. Sig a venit lângă patul ei, s-a încredințat că era bine învelită, apoi s-a aplecat și a sărutat-o pe frunte:

– Laku noć, Nadejda.

Fără să deschidă ochii, fetița a schițat un zâmbet.

A doua zi dimineața, pe când erau cu toții la micul dejun, a venit un emisar de la comisariatul de poliției. În zori, o barcă a unor pescari găsise două cadavre pe malul stâncos din sudul insulei. Cadavrele fuseseră duse la morga din localitate. Comandantul poliției voia să verifice dacă fetița îi putea identifica drept părinții ei. Toți cinci au sărit în sus protestând:

– Ce fel de țară este asta, în care se iau fetițe de cinci ani să se uite la cadavre mutilate.

– Este și mai revoltător, dacă sunt ale părinților ei.

– Identificarea făcută de o fetiță de cinci ani nu poate avea valoare juridică în fața niciunui tribunal.

– Oricum, ne vom opune. Ar trebui să reușiți să ne-o luați cu forța, ceea ce nu vă va fi ușor.

– Suntem ofițeri ai forțelor armate ale Statelor Unite și sperăm că nu veți avea obrăznicia să vă legați de ofițeri ai unui aliat din cadrul NATO. Vom da imediat telefon la sediul de la Bruxelles să ne plângem.

– Vom contacta și ambasada americană de la Atena, să arătăm cum sunt abuzați copiii într-o țară care pretinde că este leagănul democrației. Am văzut ce este în realitate: leagănul barbariei.

Cel mai vehement protestatar fusese Ion Moraru. Polițistul a căutat să-i liniștească, explicând că nu venise decât cu mesajul comandantului și că nu încercase nicidecum să ia fetița cu forța.

– στέϱγει γὰϱ οὐδεὶς ἄγγελον κακῶν ἐπῶν[18]

---

[18] Nimănui nu-i plac mesagerii care aduc vești rele (în limba greacă), citat din *Antigona* (Ἀντιγόνη) de Sofocle.

Niciunul din cei cinci lei nu înțelegea limba greacă și, chiar dacă ar fi înțeles-o, tot n-ar fi știut că era un citat din *Antigona*, piesă pe care niciunui nu o citise, dar încetul cu încetul s-au potolit. Sig a propus să meargă cu Oliver Franklin să încerce să identifice cadavrele. Ion Moraru a vrut și el să se alăture delegației, să-l învețe minte pe comandantul poliției. Tocmai un asemenea scandal încerca Sig să evite și, cu ajutorul lui Larry Cullimore, a reușit să-l facă pe Ion să cedeze cu reticență.

Ajunși la morgă, Sig și Oliver au declarat cu certitudine că cele două cadavre erau ale celor doi pasageri lipsă. Când s-au întors la comandamentul poliției, sosise și funcționarul de la consulatul Bosniei, un bărbat tânăr care era la primul său post în cadrul serviciului consular. După ce a ascultat raportul șefului poliției, a recunoscut că se afla în fața unei situații imposibile. Admitea că bărbatul afirmase că era din Republica Srpska, un indiciu insuficient pentru identificarea unor eventuali membri de familie din Bosnia, cărora să le aducă la cunoștință decesul și pe care să-i întrebe ce aranjamente funerare doreau să facă. Putea eventual lăsa autoritățile grecești să se ocupe de înhumare, însă nu era sigur că avea competența să ia o asemenea decizie. Mai complicat era cazul Nadejdei. Din punct de vedere legal, dacă îi decedaseră ambii părinți și nu avea rude care să aibă grijă de ea, trebuia dusă la un orfelinat din Bosnia. Problema era că nu putea să o trimită singură până la Sarajevo. De altfel, nici nu era sigur că își putea lua responsabilitatea să o ducă nici măcar până la Atena. Nu știa să se ocupe de copii și dacă, Doamne ferește, se întâmpla alt accident, putea fi considerat vinovat. Pe de altă parte, comandantul poliției insista că, din moment ce era cetățeană bosniacă, era responsabilitatea consulatului să aibă grijă de ea.

Pentru a ieși din impas, Sig a propus să o ducă el pe Nadejda până la Atena. Ca să nu o bruscheze, pentru că mai era afectată de naufragiu, a promis să vină cu ea la consulat peste două sau trei zile, unde consulul general sau ambasadorul puteau găsi o soluție. Atât reprezentantul consulatului, cât și comandantul poliției au acceptat propunerea.

Preocuparea băieților era însă Nadejda, care era foarte cuminte, probabil încă speriată de ceea ce i se întâmplase. O învățaseră câteva cuvinte în limba engleză, dar nu puteau comunica cu ea. De aceea, au angajat translatoarea pe care o găsise poliția ca să-i însoțească și ca să poată vorbi cu Nadejda. Translatoarea era o femeie de aproape șaizeci de ani, care avea o nepoată de vârstă apropiată de cea a Nadejdei. Îi era foarte milă de fetiță și, pe când ieșeau de la poliție, l-a întrebat pe Sig ce trebuia să facă dacă Nadejda întreba iar unde îi erau părinții. După o scurtă dezbatere, au căzut de acord că trebuiau să-i spună adevărul. Când s-au așezat la o masă a cofetăriei Fregio să mănânce o înghețată și băieții se delectau cu vederea spre marea străbătută de o multitudine de vaporașe, Nadejda a pus din nou întrebarea fatidică:

– Unde sunt mama și cu tata? De ce mă lasă singură?

– Nu știu cum să-ți explic. S-au dus acolo sus, la Doamne-Doamne.

– Și o să mai stea mult? De ce nu se întorc mai repede?

– Fetița mea, când te duci la Doamne-Doamne, nu te mai întorci.

Nadejda a izbucnit în plâns.

– Dacă nu se întorc, înseamnă că n-o să-i mai văd? Niciodată?

– O să-i vezi și tu, când te vei duce și tu la Doamne-Doamne. Toți vom ajunge cândva la Doamne-Doamne, unde ne vom revedea.

– Nu înțeleg. De ce mă lasă aici și pleacă fără mine? Nu pot să cred că mama și tata au vrut să mă lase singură.

– N-au avut încotro. Știu că este foarte greu fără tata și mama, dar nu ești chiar singură, îl ai pe Sig.

– Sig este foarte drăguț cu mine. Dar el nu înțelege ce spun eu și eu nu înțeleg ce spune el.

Nadejda a mai plâns, dar translatoarea a găsit cuvinte ca să o mai liniștească. Totuși, continua să fie preocupată de ceea ce aflase și nu reușea să înțeleagă. Toată după masa a rămas gânditoare, fără să surâdă măcar. Plimbarea pe străzile din Skiathos a împiedicat-o să se concentreze asupra durerii ei. Trecând pe lângă unul din numeroasele magazine de suveniruri, Sig și-a amintit de seara anterioară și i-a cumpărat o mică icoană a Maicii Domnului. Nadejda i-a mulțumit și a luat icoana, insistând să o ducă ea. Nu înțelegea exact de ce, dar dacă părinții ei plecaseră la Doamne-Doamne, icoana era un fel de punte de legătură cu părinții ei.

În ziua următoare, cei cinci lei au discutat ce urmau să facă în continuare. Pentru Sig soluția era clară. Nu mai putea continua excursia lor, din moment ce își luase obligația să o ducă pe Nadejda la Atena. Oliver Franklin a declarat că naufragiul îi ajunsese și că intenționa să-l însoțească pe Sig până la Atena și apoi să plece cu primul avion spre Statele Unite. Larry Cullimore și Nacho Delgado voiau să continue escapada, chiar dacă ceilalți abandonau. Reacția cea mai neașteptată a fost a lui Ion Moraru:

– Mie îmi place aici. Nu mă hotărâsem ce să fac după serviciul militar. Acum știu: am să mă instalez aici la Skiathos. O să găsesc ceva de făcut.

– Bine, Ion. Dar ieri i-ai făcut pe cei de aici niște sălbatici, niște troglodiți…

– N-am spus niciodată troglodiți.

– Poate, dar ai spus că sunt necivilizați.

– Acum, după ce l-am pus la punct pe comandantul poliției îmi închipui că s-au mai ameliorat.

– Ion, nici n-ai fost la poliție.

– Adevărat, dar îmi închipui că Sig și Oliver, care s-au dus, i-au transmis mesajul meu.

Ceilalți patru nu au mai insistat. A doua zi, prietenii s-au despărțit. Sig și Oliver au luat avionul și au plecat cu Nadejda la Atena. Oliver era sătul de Grecia, încât nici nu a părăsit aeroportul „Eleftherios Venizelos", de unde a luat primul zbor spre Statele Unite.

La consulatul Bosniei-Herțegovina discuția despre situația Nadejdei a ajuns până la ambasador. Nimeni din cadrul ambasadei nu se îndoia de faptul că fetița trebuia internată într-un orfelinat. Ambasadorul nu credea că putea însărcina un funcționar al ambasadei să o ducă până la Sarajevo, cu atât mai mult cu cât nu erau zboruri directe. În plus, conform mărturiei lui Sig, fetița era din partea sârbească a țării. Recent, tensiunile dintre cele două părți ale Bosniei-Herțegovina deveniseră mai acute. De aceea, dacă era trimisă la un orfelinat din Sarajevo și se identificau ulterior unele rude ale ei în Replica Srpska, era perfect posibil ca extremiștii sârbi să facă scandal, afirmând că bosniacii le furau copiii. Ambasadorul nu avea nici un chef să intre într-o asemenea dispută. Probabil că soluția optimă era să se găsească o organizație caritabilă neguvernamentală, care să o ducă la Banja Luka. Identificarea unei asemenea organizații nu era ușoară și între timp trebuia găsit un funcționar al ambasadei sau altcineva care să se ocupe de Nadejda.

Sig i-a spus ambasadorului că era dispus să o ducă pe Nadejda la Banja Luka. L-a convins explicând că vorbise cu părinții fetiței și era un martor al naufragiului; de aceea, putea da autorităților anumite informații care să le înlesnească descoperirea identității părinților. Ambasadorul a mai exprimat unele rezerve, fiind în fond mulțumit că scăpa de corvoadă.

Luându-și rămas-bun de la ambasador, Sig l-a rugat să dea dispoziție consulatului să-i elibereze Nadejdei un document de călătorie. Nu putea circula cu diferite curse aeriene prin mai multe țări, având cu el o fetiță de 5 ani fără nicio carte de identitate. Neștiind cum se numea fetița, i-a eliberat un pașaport pe numele de Nadejda Nepoznata[19] și un document atât în limba bosniacă, cât și în engleză specificând că Sig era însoțitorul ei legal, document necesar ca să nu poată fi acuzat că răpise o fată minoră.

În discuțiile cu ambasadorul Bosniei-Herțegovinei, Sig ceruse insistent să i se încredințeze fetița, pentru că văzuse ce speriată fusese la Skiathos, când simțise că trebuia să fie luată în grijă de alte persoane. Era convins că preluarea ei de către personalul consulatului ar fi avut efecte extrem de traumatizante asupra ei, chiar dacă era tratată cu multă afecțiune. Totuși, găsindu-se pe străzile Atenei, cărând în brațe un ursuleț uriaș și ținând de mână o fetiță de cinci ani, își dădea seama că își asumase o sarcină pe care nu avea nicio posibilitate să o ducă la bun sfârșit. O ținuse pe Nadejda cu el în cameră câteva nopți într-un hotel; acum trebuia să plece într-o țară despre care nu știa aproape nimic și fără să știe cum să se ocupe de un copil. Era imposibil să plece singur cu Nadejda la Banja Luka. S-a decis să se întoarcă la București unde Valeria, mătușa sa, putea să-l ajute să se ocupe de Nadejda.

[19] Necunoscută. (în limba sârbă)

Capitolul V

Continuase să plouă toată noaptea. Cerul întunecat nu dădea speranțe că ploaia se va opri foarte curând. Pensiunea Aristocratic nu era plină, Târgu Neamț nefiind una din primele destinații turistice din România și, fiind cel mai scump hotel din localitate, era evitată de turiștii care dispuneau de resurse financiare limitate. O ploaie poate strica o zi a unei vacanțe mult anticipate și mare parte din turiști se întreba cum se mai puteau distra o zi în lobby-ul hotelului. După micul dejun, Erman a întrebat-o pe Carmen:

– Ce facem? Pe vremea asta nu e nicio plăcere să vizităm cetatea. Vrei să mai stăm o zi, sperând că se va opri ploaia?

– N-are nici un rost, în afară de cazul în care vrei să o schițezi. Nu poate fi mult diferită de cetatea de la Suceava, pe care am văzut-o.

– Carmen, nu uita că familia Totila are o cetate, care nu este o ruină.

Carmen și Erman erau pe drumul de întoarcere din Bucovina. După ce plecaseră din Vaslui, se opriseră câteva zile la Iași și apoi își continuaseră drumul până la Botoșani, destinația inițială a lui Erman. Alegându-și destinațiile după ghidul pe care îl avea Carmen, vizitaseră Suceava și mai multe mănăstiri din Bucovina. Inițial, Erman avusese intenția să se oprească în diferite locuri mai atractive și să picteze. Când se hotărâse să-și continue călătoria împreună cu Carmen, renunțase implicit la pictură; nu putea să o priponească pe Carmen mai multă vreme în același loc. De altfel, atât Carmen cât și Erman erau de acord că era cea mai încântătoare excursie din viața lor.

Și-au luat bagajele și Erman, care era la volan, a pornit mașina. Intenționau să se întoarcă prin Transilvania. După ce au trecut de satul Vânători-Neamț au văzut un indicator arătând că drumul spre dreapta ducea la Mănăstirea Neamțului. Consultându-și ghidul, Carmen a aflat că mănăstirea era unul din obiectivele turistice cele mai importante din România și l-a îndemnat pe Erman să o pornească în direcția respectivă. Drumul era practicabil, deși ploaia din ultimele zile rupsese pe alocuri crengi din copacii învecinați. Erman a parcat mașina lângă intrarea în mănăstire. Vizita, chiar dacă aveau jachete impermeabile și umbrele, nu le-a făcut plăcere. S-au adăpostit într-o arcadă din curtea interioară ca să citească din ghid care erau elementele cărora trebuiau să le dea importanță.

Dezamăgiți, s-au urcat în automobil, pornind mai departe, pe un drum care continua interminabil prin pădure, pe când ploaia nu mai contenea. S-au oprit, în cele din urmă, să mănânce la restaurantul Elvi din Poiana Largului. Mâncarea era mai mult decât acceptabilă și terasa unde erau așezați avea o vedere încântătoare spre valea Bistriței. Ploaia se oprise și câteva raze timide de soare încercau să străpungă norii. Carmen și Erman au stat să se relaxeze pe terasă, înainte de a se îndrepta spre Gheorghieni, unde voiau să înnopteze. Înseninarea fusese doar o iluzie. Pe când traversau munții Giurgeu s-au ivit iar nori amenințători. Erman era obosit să conducă de două zile doar pe ploaie și i-a sugerat lui Carmen să se oprească în primul oraș, care era Borsec.

Ca să nu piardă vreme căutând un hotel, s-au oprit la Centrul de Informare și Promovare Turistică de la intrarea în oraș. Deoarece sezonul estival începuse, multe din pensiuni nu mai aveau locuri libere. Au fost sfătuiți să încerce la Pensiunea Favorit Ferice, care, probabil, nu era total ocupată, fiind una din cele mai mari din localitate. Se putea ușor ajunge la ea: plecând la deal pe Aleea 7 Izvoare, pensiunea era în partea stângă, la aproximativ 2 km distanță. Ajunși la destinație, Carmen și Erman au stat să se uite la clădirea pensiunii, o vilă cu două etaje, având mici balcoane în fața multora din camere. În față, era o grădină bine întreținută. De altfel, în jur, erau și alte vile, care păreau la fel de primitoare. Deși nu mai ploua și se uscase pe jos, erau puțini oameni pe stradă. Într-o piațetă, puțin mai sus, trei tineri se jucau pe skateboarduri.

Carmen și Erman s-au dat jos din mașină. Pregătindu-se să vadă dacă găseau o cameră, Carmen și-a luat poșeta și Erman borseta în care își ținea actele, apoi a încuiat mașina. Pe neașteptate, cei trei tineri au venit în viteză la vale pe skateboardurile lor. Unul dintre ei i-a smuls poșeta lui Carmen și altul borseta lui Erman, făcându-se nevăzuți alunecând la vale. Erman a reușit să-și păstreze echilibrul, dar Carmen a căzut pe loc, țipând. Țipătul ei a reușit să o alarmeze pe o femeie din Pensiunea Favorit Ferice, care a venit să vadă ce s-a întâmplat. Era recepționera pensiunii și, deși nu vorbea bine englezește, a reușit să se înțeleagă cu Erman. Din fericire, Carmen căzuse pe peluza din fața vilei și nu se lovise.

Aflând ce se întâmplase, femeia și-a scos telefonul mobil și l-a chemat pe sectorist, care a venit la fața locului peste aproximativ zece minute. A reușit să-i ajute pe Carmen și pe Erman atât ca translatoare, cât și ca martoră:

– Ai văzut făptașii? Victimele afirmă că se jucau cu skateboardurile când au venit aici.

– Eu am treabă la recepție și nu i-am văzut, decât poate în treacăt. Oricum, nu erau dintre oamenii noștri. Erau dintre copiii unora din vilegiaturiști. Știi și tu că cei mai mulți sunt oameni în vârstă care vin pentru cură, iar odraslele lor nu găsesc multe distracții aici și se țin de tot felul de năzdrăvănii.

– Asta nu a fost năzdrăvănie, a fost hoție la drumul mare.

– O fi, dar dacă este, e de resortul tău.

– Bine. Spune-le te rog celor doi că, dacă vor să facem o anchetă, trebuie să vină la comandamentul poliției orășenești. Ar fi bine să vii și tu, în calitate de martoră.

– Fii serios! Dacă ai nevoie de mine, știi foarte bine unde mă găsești. Mai am câteva minute până îmi vine schimbul. Eu trebuie să merg acasă să mă ocup de gospodărie.

Recepționera le-a spus celor doi că era necesar să se ducă la poliție să facă o declarație. Erman a întrebat dacă era departe și i se spusese că era „colea". Probabil că localnicii aveau noțiuni neconvenționale ale distanțelor: pentru a ajunge la poliție, au trebuit să se întoarcă până la Centrul de Informare și apoi să urce pe serpentinele Străzii Izvorului. Drumul ținea aproape 45 de minute.

Aveau noroc că, deoarece Borsecul încerca să atragă vilegiaturiști din străinătate, ofițerii se descurcau în limba engleză. După ce le-a ascultat relatarea, ofițerul de serviciu i-a rugat să scrie reclamația, căutând să enumere ce li se furase. Apoi a tradus-o în limba română și a tipărit două exemplare, rugându-i să semneze unul din exemplare și să-l rețină pe cel de al doilea.

Deoarece rămăseseră fără bani și fără cărți de credit, Erman l-a rugat pe ofițerul de serviciu să le dea voie să dea un telefon pentru a cere ajutor. Ofițerul a fost de acord, dar nu putea autoriza convorbiri internaționale pe socoteala poliției. Din fericire, Erman și-a amintit de numărul de telefon al familiei Stoica din București. Probabil că nimeni nu era acasă, pentru că automatul i-a cerut vorbitorului să lase un mesaj:

– Alo, Grigore. Sunt Erman. Ni s-au furat pașapoartele și toți banii. Suntem la Borsec. Trimiteți-ne bani prin cel mai rapid mijloc ca să putem să ne întoarcem la București. Nu știm unde vom reuși să dormim la noapte, dar trimiteți-i pe adresa poliției din Borsec și vom veni mâine dimineață să aflăm ce soluție ați găsit. Mii de mulțumiri.

Plecând de la poliție, Carmen și Erman au stat să dezbată ce urmau să facă:

– Să sperăm că mâine dimineață, când ne întoarcem la poliție, vom vedea ce soluție a găsit unchiul tău.

– Trebuie să vedem ce facem până mâine. Ți-e foame?

– Pot răbda fără să mănânc o seară. Trebuie însă să găsim un loc de dormit. Crezi că ne vor da o cameră, dacă le promitem că le vom plăti mâine?

– Nici vorbă. Peste tot ne-au cerut un mijloc de plată la sosire. Soluția cea mai comodă este să dormim în mașină. Cred că scaunele sunt rabatabile.

– Povestea cu trimiterea banilor la poliție nu mi se pare foarte bună. Sediile de poliție nu sunt făcute pentru tranzacții bancare.

– Nu avem nicio altă adresă. De altfel, dacă ne-ar trimite banii la o bancă oarecare, nu am putea să-i ridicăm, din moment ce nu avem nici un document de identificare. Dacă nu ne trimit banii, plecăm cu mașina la București.

– Nu cred că ne va ajunge benzina.

– În cel mai rău caz, vindem o parte din haine și facem rost de bani.

Carmen și Erman au pornit vitejește înapoi spre Pensiunea Favorit Ferice. Începuse iar să plouă și niciunul nu-și luase haina de ploaie. Pe înserat, au ajuns uzi leoarcă la mașină. Erman s-a căutat în buzunarul de la blugi, dar nu a găsit cheia.

– Hait! Nu găsesc cheia.

– Ce ai făcut cu ea?

– Îmi aduc aminte. Când am încuiat mașina, mai aveam cheia în mână când ne-au lovit dobitocii de pe skateboarduri. M-am dezechilibrat și probabil că am scăpat-o pe jos. Aveai și tu cheia de rezervă.

– Am pus-o în compartimentul de mănuși.

– Stai să mă uit pe jos. Dacă am scăpat-o, trebuie să fie undeva.

Deși nu mai era multă lumină, atât Carmen cât și Erman au căutat cheia peste tot în jurul mașinii. Cheia nu era de găsit nicăieri. Uitându-se la șuvoiul de apă care se scurgea prin șanțul de la marginea drumului, Erman a comentat:

– Dacă a căzut în șanț, a luat-o de mult apa. Soluția este să spargem un geam. Pe urmă putem să o pornim cu cheia de rezervă. Când restituim automobilul, vom plăti cât ne vor pune la socoteală.

A căutat în jur un obiect cu care să poată sparte geamul. A găsit o cracă de copac mai groasă pe terenul din fața pensiunii, pe care a luat-o și a început să lovească în geamul mașinii. Nu a reușit să-l spargă, însă de pe partea opusă a străzii s-a auzit o voce:

– Ho! Opriți-vă! Unde vă treziți? Spargeți mașini ca să furați. Am chemat sectoristul, să vă ia la poliție ca să vă bage la pârnaie.

Erman nu a înțeles ce i se spunea. Dar omul era furios, iar cuvântul „poliție" nu putea avea decât o singură explicație. Prima reacție a lui Erman a fost să o ia pe Carmen și să o ia la fugă, dar nu știa unde se puteau ascunde. Sectoristul fusese probabil în apropiere, pentru că a apărut peste câteva minute. Bărbatul i-a relatat sectoristului ceea ce văzuse. Neavând nici un mod de a se înțelege cu cei doi inculpați, a decis să-i aresteze și să-i ducă la comandament. Și-a luat cătușele legând încheietura lui Carmen de cea a lui Erman, care au parcurs pentru a treia oară drumul de pe Aleea 7 Izvoare și apoi pe iar pe Strada Izvorului.

Sectoristul i-a raportat ofițerului de serviciu că arestase două persoane, care încercaseră să intre prin efracție într-un automobil. Ofițerul a reușit să le spună în limba engleză delictul de care erau acuzați, cerându-le să se disculpe dacă puteau:

– Nu e vorba despre efracție. Era mașina noastră.

– Ați afirmat că sunteți cetățeni americani. Mașina este înregistrată la Vaslui. După cunoștințele mele de geografie, Vasluiul nu se află în Statele Unite ale Americii.

– Evident. Am închiriat-o de la agenția Eurocars din Vaslui.

– Fii serios! Chiar vrei să cred că ați zburat de la Washington la Vaslui ca să închiriați o mașină. Dacă ar fi fost închiriată de la Otopeni, poate aș fi mai înclinat să vă cred.

– Am venit de la New York, nu din Washington.

– Nu asta mă interesează. Dacă ați închiriat-o, trebuie să aveți o copie a documentului de închiriere.

– Ni s-au furat actele. Am fost aici și am depus plângere. Am și dat telefon la rudele noastre din București, lăsându-le vorbă să ne trimită bani și să-i trimită aici, la poliția din Borsec, pentru că nu aveam altă adresă. Probabil că au și răspuns și au lăsat un mesaj.

– Nu eram eu aici. Mi-am început schimbul acum jumătate de oră. Dar este ușor de verificat.

Ofițerul a cerut lămuriri secretarei, care i-a adus documentele legate de reclamația lui Carmen și a lui Erman.

– Nu am primit nici un mesaj. Dacă tot ce afirmați ar fi adevărat, de ce ați vrut să spargeți propria mașină?

– Nu aveam altă posibilitate. V-am spus că ni s-a furat tot ceea ce aveam. Nu mai aveam cheile de la mașină.

– În declarația voastră ați inclus o listă a tuturor documentelor și bunurilor care vi s-ar fi luat. Nu se menționează nicăieri că vi s-ar fi luat niște chei.

– Când am făcut declarația, încă nu știam că ne lipseau cheile.

– Drept ce mă luați? În cursul după-amiezii sunteți găsiți dând târcoale mașinii cu pricina. Sunteți aduși aici, la poliție, unde declarați că vi s-ar fi furat niște documente, fapt care nu este confirmat de nici un martor. Acum sunteți găsiți, încercând să intrați cu forța în același automobil și susțineți că ați pierdut între timp și cheile. Toată povestea nu stă în picioare.

– Totuși, asta s-a întâmplat.

– Nu mă mai întrerupe. Ar trebui să vă arestez până anchetăm cazul. Totuși, după cum vorbiți limba engleză, nu sunteți din fața locului. Nu am chef să intru în tot felul de discuții cu cine știe ce consulate străine. Din moment ce nu au fost aduse pagube materiale, vă dau drumul să plecați. Vă recomand să vă lăsați de prostii; chiar și poliția română are o limită a răbdării.

Carmen și Erman au ieșit de la comandamentul poliției și au început să meargă la vale Strada Izvorului. Se înnoptase și nu era nimeni pe stradă. Deoarece cei mai mulți vilegiaturiști erau persoane în vârstă, veniți pentru tratament, aceștia seara stăteau în pensiunile lor. Totuși, iluminatul public funcționa și cei doi prieteni nu erau nevoiți să umble pe întuneric, dar nu știau încotro mergeau.

– Erman, acum că am scăpat de poliție, ce facem? Poate era mai bine să-i rugăm să ne țină peste noapte.

– Oriunde am sta, va fi mai bine decât în arestul poliției. O să căutăm un suflet binevoitor ca să ne ofere un adăpost până mâine. Grigore era probabil plecat în oraș; când se întoarce, reușește să găsească o cale să ne ajute.

– Nu putem să batem așa târziu la toate casele până găsim o gazdă.

– O să încercăm la pensiuni. Ca orice hotel, trebuie să aibă personal de serviciu. Dacă am noroc, poate ne dau și o cameră pe credit.

Aproape de intersecția cu șoseaua principală au văzut pe partea dreaptă a străzii o vilă cu o firmă „Pensiunea Floarea de Colț". Erman greșise crezând că pensiunile aveau personal permanent ca hotelurile. La bătăile lor, le-a deschis paznicul de noapte, un bărbat în vârstă, care nu știa nici un cuvânt englezesc. De fapt, nu vorbea bine decât ungurește, detaliu care, în situația respectivă, nu avea importanță. Prin gesturi, Carmen și Erman au reușit să-l facă să înțeleagă că aveau nevoie de un loc să doarmă și că nu aveau bani să plătească.

– Ce să fac? Nu pot să vă dau o cameră; m-ar da afară proprietarul. Dar nu nici nu pot să vă las în aer liber pe ploaia asta. Pot să vă dau voie să dormiți în coliba de alături. O utilizăm ca depozit și printre alte lucruri sunt și saltelele de rezervă. Mâine dimineață vine nepotul meu, care lucrează aici și știe și limba pe care o vorbiți.

Carmen și Erman i-au mulțumit și s-au instalat în magazia respectivă. Și-au întins două dintre saltele pe jos și au găsit și niște pături cu care să se acopere, după ce și-au scos hainele ude și le-au întins, sperând că se vor usca până dimineața. Istoviți, au adormit în scurt timp.

*

* *

Ceea ce ignora Erman era că Grigore și Valeria fuseseră invitați de niște prieteni la Bran. Ieșiseră în oraș să cumpere atenții pentru gazdele lor și se întorseseră acasă să-și ia bagajele. Valeria a observat că aveau un mesaj la telefon și l-a avertizat pe Grigore:

– Grigore, vino fuga. Avem un mesaj de la Erman, care este în mare dificultate.

Grigore a ascultat mesajul și a început să râdă:

– *Scammerii* ăștia sunt incorijibili. Cred că nu dau decât peste creduli, care se reped să le trimită bani. Dar cu mine nu se prinde.

– Gândește-te bine! Poate că Erman are într-adevăr un mare necaz.

– Valeria, mai ascultă o dată mesajul. Nu-ți dai seama că este o mistificare, că este un escroc care l-a trimis.

– Nu văd de unde tragi o asemenea concluzie categorică.

– Îți explic imediat. Toți cei care încearcă să tragă pe sfoară oamenii de bună credință au făcut rost de anumite informații, dar nu cunosc bine situația și, de aceea, fac de obicei erori care îi dau de gol. În mesaj se vorbește totdeauna la plural.

– Vrei să spui că cel care a trimis mesajul nu știa că Erman este singur.

– Exact. Dacă mesajul era de la Erman ar fi spus că mi s-a furat pașaportul, nu ni s-au furat pașapoartele. Știi și tu că a plecat singur la Botoșani.

– Grigore, ești atât de deștept! Nu mi-ar fi trecut prin cap acest subterfugiu.

Încântat de perspicacitatea sa, Grigore a încuiat ușa apartamentului. Puteau pleca la Bran fără să-și facă griji.

*

* *

A doua zi, pe la șapte dimineața, bătrânul paznic i-a trezit pe Carmen și pe Erman, rugându-i să se scoale, înainte să vină proprietarul. Nepotul său, István, despre care pomenise în ajun, sosise și puteau schimba o vorbă cu el. Acesta studia limba engleză la Facultatea de Științe și Litere a Universității Petru Maior din Târgu Mureș. Era prima persoană, în afară de ofițerii de poliție, cu care Carmen și Erman reușeau să ducă o conversație în limba engleză. După ce au discutat situația lor, reacția lui István a fost:

– Nu-mi dau seama cum ați putea ajunge la București. Cu autostopul este greu. Pentru a împiedica evaziunea fiscală, legislația română permite transportul de persoane doar cu mijloace autorizate. Pot să vă duc până la Toplița, unde mă duc oricum cu microbuzul pensiunii să aduc clienții de la gară. Poliția ne cunoaște și nu ne oprește să verifice dacă toți pasagerii sunt clienții pensiunii. Dar de la Toplița încolo trebuie să aveți noroc să vă ia cineva. La un control al poliției rutiere conducătorul autovehiculul riscă o amendă substanțială.

– Atunci, după tine, nu avem nicio soluție?

– Știu și eu? Cel mai ieftin mod de a ajunge la București este să luați un tren Regio. E încet și nu este foarte confortabil, dar nu ar trebui să coste mai mult decât vreo 30 de lei. Poate găsiți ceva de lucru. Asta facem și noi dacă ajungem în criză de bani când suntem în vacanță.

– Suntem dispuși să o facem, dar în România nu știm cum să o facem.

– Nu pot vorbi pentru alte regiuni ale țării, dar aici puteți să vă duceți în piața localității sau la o stație de benzină, cu un afiș „CAUT DE LUCRU". De cele mai multe ori se găsește cineva care are nevoie de un zilier.

István a aranjat cu bucătăreasa pensiunii să le pregătească o cafea cu lapte, câte două ochiuri și altceva de mâncare. La ora 9, după ce se mai interesaseră o dată la poliție dacă Grigore dăduse un semn de viață, Carmen cu Erman au plecat cu István, care i-a lăsat la benzinăria din Toplița. István avusese dreptate; la câțiva pași de pompa de benzină erau trei tineri, care, fără îndoială așteptau ceva. Ceea ce nu le spusese István era că benzinăria era locul unde, pe înserat, prostituatele făceau trotuarul.

Erman s-a așezat lângă ceilalți tineri, ținând în mână un carton mare pe care scria cu litere mari: „MUNKÁT

KERESEK”[20]. Carmen era de părere că, în ciuda avertismentelor primite, autostopul era cea mai bună soluție de a ajunge la București. De aceea, a stat lângă pompa de benzină, intenționând să găsească o ocazie. După puțină vreme a sosit un autoturism din care a coborât un bărbat burtos, de vârstă mijlocie, care a început să-și alimenteze mașina. Văzând-o pe Carmen apropiindu-se, a comentat:

– Ți-ai început devreme treaba! Credeam că ieșiți doar după-amiaza la agățat. Păcat, arăți bine, dar sunt grăbit și nu am timp de joacă.

Carmen nu înțelegea ce i se spunea și a început:

– București?

– Asta voiai? O sută de lei.

Carmen a înțeles că i se cereau bani și i-a făcut semn că n-are. Burtosul s-a urcat la volanul mașinii, uitându-se disprețuitor la ea:

– Zgârie-brânză! Dacă îți ceream serviciile, mă lăsai să ți-o bag pe gratis? Ai uitat vorba că brânza-i pe bani?

Mașina a demarat în trombă și Carmen s-a dus la Erman să-i povestească pățania:

– Mi-a cerut bani ca să mă ducă la București, nu am priceput decât lei, dar nu câți voia. N-avea importanță, pentru că nu aveam deloc. Mi-a replicat zgârie-brânză. Pe urmă a mai spus ceva despre brânză.

– De pe meniurile restaurantelor știu ce este brânză. Deoarece vorbeați despre costul transportului, probabil că utiliza ceva echivalent cu expresia noastră „as cheap as cheese”[21].

– Erman, expresia este „as cheap as chips”[22].

---

[20] CAUT DE LUCRU. (în limba maghiară)

[21] Ieftin ca brânza. (în limba engleză)

[22] Ieftin ca chipsurile. (în limba engleză)

– Poate că în România brânza este mai ieftină decât cartofii. Stai că vine cineva care pare să aibă nevoie de ajutor.

După puțină vreme a venit un bărbat care a început să le vorbească. Prin semne l-au făcut să înțeleagă că cereau să li se dea de mâncare și un loc de dormit. După ce s-au declarat de acord, deși nu înțeleseseră prețul care li se oferise, s-au urcat în camioneta bărbatului cu care au mers până la o casă din marginea localității Călimănel. Acolo bărbatul le-a arătat o grămadă de buturugi care trebuiau sparte cu toporul și stivuite într-un șopron lipit de casă. Apoi a plecat cu camioneta să-și vadă de treburi. Erman s-a apucat de lucru cu toporul, iar Carmen lua bucățile de lemne de foc și le ducea sub șopron. Era mult de lucru, dar cei doi au reușit să termine treaba până seara. La prânz li s-a dat de mâncare un paprikás, iar pe înserat un gulyás și un pahar de pálinka. Tocmai terminau masa de seară când s-a întors bărbatul care îi angajase, care le-a spus că puteau să se culce în fânul din șura anexă. Erman a vrut să protesteze, dar pe Carmen o distra ideea:

– E chiar amuzant. N-am făcut-o niciodată în fân. Poate nu vom mai avea nicio altă ocazie în toată viața. Crezi că e ușor de găsit o șură de fân la New York?

– Carmen, nu trebuia să venim până la Toplița pentru asta.

– Deci nu vrei?

– Ce fel de întrebare e și asta?

– Nu-i o întrebare. Dar trebuie să fii atent, nu vreau să mă înțepe acul în fund.

– Carmen, ești imposibilă.

Dimineața puteau amândoi să certifice că nu era nici un ac în șura de fân. Femeia le-a mai dat ceva de mâncare, iar bărbatul le-a dat câte o bancnotă de zece lei și le-a făcut semn să se urce în camionetă, ca să-i ducă înapoi la stația de benzină. Pe când alimenta rezervorul,

Carmen a reușit, prin semne, să-l întrebe încotro mergea, primind răspunsul laconic:

– Csíkszereda.

Nici Carmen nici Erman nu cunoșteau localitatea, dar aceasta ar fi fost adevărat pentru orice destinație a camionetei. După mai puțin de două ore au intrat în Miercurea Ciuc, unde bărbatul le-a făcut semn să coboare. Căutând să se orienteze, au constatat că erau în fața pieței centrale agroalimentare. Erman a propus să cumpere ceva de mâncare din piață. Cu cei 20 de lei pe care îi aveau, nici nu puteau visa să mănânce la restaurant și chiar magazinele alimentare erau destul de scumpe. Au colindat prin piață, căutând să facă un plan cum să-și drămuiască mai bine banii. Au ajuns la un raion unde mai mulți oieri își etalau brânzeturile. Vrând să afle care era prețul brânzei, Erman s-a oprit în fața unei tarabe și, făcând apel la toate cunoștințele sale de limba română, reîmprospătate în ajun:

– Zgârie brânză.

Oierul a sărit, ca ars, în picioare:

– Neobrăzatule! Ce te legi, din senin, ca boala de om sănătos. Noi muncim tot anul ca să aducem produse de calitate în oraș și asta ne e răsplata.

Pe când oierul își continua diatriba, Erman, surprins, a început să se scuze în limba engleză:

– Sorry, nu știu ce am spus greșit. Sunt american și nu vorbesc românește. Îmi pare rău, te rog să mă ierți.

Un alt cioban, cu o vestă brodată și cu o căciulă pe cap, care avea standul alăturat, a intervenit:

– Potolește-te, Ferkó. Nu vezi că omul habar n-are să vorbească românește.

Apoi i s-a adresat lui Erman în limba engleză:

– Poate pot să vă ajut cu ce vreți să cumpărați.

– Mulțumesc. Doream niște caș. Dar, din moment ce vorbești englezește, poate poți să-mi un sfat, unde am putea găsi de lucru.

– Ce fel de lucru?

– Orice, ca să facem rost de câțiva bani.

Ciobanul a stat o clipă, și-a scos căciula și s-a scărpinat în cap, căutând să se lămurească de ce niște americani rătăciți în județul Harghita căutau de lucru ca zilieri. A găsit totuși explicația. Aflase, probabil de la televizor, că, în țările occidentale, existau zănatici, care porneau să colinde lumea, câștigând pe parcurs banii pentru călătorie. Nu-și dădea seama cum le reușea călătoria, dacă nu erau în stare să comunice cu localnicii, dar asta nu-l privea: fiecare cu păsărica lui. Cei doi călători i se păreau simpatici și chiar păreau pierduți.

– Am nevoie de cineva care să se ocupe de bălăriile din grădina mea de zarzavat. Sunt două sau trei zile de lucru. Vă ofer cazare, masă și 20 de lei pe zi de persoană. Vă convine?

– Sigur că da.

– Bine, îmi strâng lucrurile. Piața e pe sfârșite și nu mai sunt mulți cumpărători. Așteptați-mă la intrare; vin imediat.

În scurt timp, ciobanul a sosit cu o desagă cu marfa pe care nu o vânduse. I-a dus până în parcarea alăturată, unde s-au urcat toți trei într-un SUV. Aveau de parcurs vreo 30 km și pe când se urcau spre Munții Harghita, Carmen și Erman i-au povestit ce pățiseră. Nu erau niște zănatici, cum presupusese oierul.

– Îmi pare extrem de rău de necazul pe care l-ați suferit. Știu că cu banii pe care vi-i dau, veți putea plăti trenul până la București. Totuși, ca să vă ajut, după ce terminați treaba, vă voi lua bilete la trenul Interregio, care este mult mai rapid.

– Dacă vrei într-adevăr să ne ajuți, în loc să ne iei bilete de tren, dă-mi voie să-i dau un telefon mamei. Dacă stăm aici timp de două zile, poate să ne trimită prin transfer bancar suficienți bani ca să ne acoperim toate cheltuielile.

Ciobanul s-a declarat de acord, dar l-a rugat pe Erman să limiteze convorbirea cât se putea; abonamentul său nu includea prețuri reduse pentru convorbiri internaționale, de care nu avea nevoie. Când au ajuns la casa oierului, o vilă frumoasă, au fost primiți prietenos de nevasta acestuia. Era foarte mișcată de nenorocirea care îi lovise și a promis să-i ajute pe cât putea. Pe când îi arăta lui Carmen unde aveau să se instaleze și ce era de făcut în grădina de zarzavat, Erman s-a așezat la telefon să o caute pe Andra. A avut noroc să o găsească.

– Mamă, ce bine că am dat de tine. Nu pot să stau mult la telefon, așa că îți spun la repezeală: ni s-au furat pașapoartele, banii și cărțile de credit și avem urgent nevoie de ajutorul tău.

– Care „ni"? Cu cine mai ești?

– Sunt cu Carmen Sheridan, nepoata prietenei tale Montserrat.

– Știu cine e Carmen. De unde până unde sunteți împreună?

– Ne-am întâlnit accidental. Îți povestesc când nu voi fi atât de presat de timp. Ceea ce te rog acum, este să-mi transferi urgent niște bani. Cred că 2.000 de dolari ne vor scoate din încurcătură.

– Unde vrei să ți-i transfer? Dacă nu ai acte, nu vei putea să-i ridici de la bancă.

– Știu, mamă. Îți dau coordonatele. Ia un creion și notează: codul IBAN…., numărul de cont…, Banca Comercială Română, numele deținătorului: Emil Lahovari…

– Ce-ai spus?

– Am spus Emil Lahovari.

– Erman, unde ești exact?

– Într-un sat de care probabil n-ai auzit niciodată. Îi spune Vlahița.

– Dă-mi-l imediat pe acest Emil Lahovari la telefon.

– Mamă, am aranjat; totul este în regulă.

– Erman, nu mai tergiversa, dă-mi-l la telefon.

Erman i-a dat cu reticență receptorul lui Emil.

– Emil, spune-mi ce se întâmplă acolo. Nu înțeleg cum a ajuns Erman la tine.

– Cu cine am onoarea să vorbesc?

– Emil, nu se poate. Chiar mi s-a schimbat vocea atât încât să nu mă recunoști?

Emil s-a așezat pe un scaun, incapabil să scoată o vorbă:

– Chiar nu știi cu cine vorbești?

– Andra?

– Ei da. Sunt Andra.

– Pierdusem orice speranță de a mai vorbi vreodată cu tine. Nu te-am mai auzit de peste 36 de ani.

– Nu aduce anul ce aduce ceasul. Nu știam că mai ești la Vlăhița, credeam că în cele din urmă ai plecat în Franța. Dar nu vreau să te țin prea mult de vorbă: Spune-i lui Erman că transfer imediat banii, înțeleg că e o convorbire cu timp limitat.

– Cum o să fie cu timp limitat? Nu există timp limitat când vorbesc cu tine. Tot nu înțeleg de ce ți-a dat tocmai ție telefon.

– Simplu, pentru că sunt mama lui Erman. Acum, spune-mi întâi cum se face că ai rămas în România. Credeam că toată familia ta plecase în Franța.

– Au plecat cu toții, dar eu trebuia să rămân. Vlăhița este singurul loc de pe lume care mă leagă de tine. Este o amintire pe care vreau să o păstrez vie, pentru câte zile voi avea.

– Emil, nu am fost împreună decât două luni. Au trecut de atunci, așa cum ai spus mai devreme, 36 de ani.

– Poate, dar îmi aduc aminte cu nostalgie de fiecare clipă. Mă gândesc la ultima seară când am mai fost împreună și m-ai rugat să pun în casetofon o casetă cu muzică de Juliette Gréco.

– Pe atunci îmi plăcea Juliette Gréco. Ce legătură are asta cu situația noastră actuală?

– Erau niște versuri pe care le cânta. Îmi amintesc că, atunci când le-ai auzit, nu ai comentat, dar te-ai uitat la mine, ca și când voiai să mă faci să înțeleg că acesta ne era viitorul. Nu ții minte cântecul:

Quand je te reverrai
À Saint-Germain-des-Près
Ce ne sera plus toi
Ce ne sera plus moi
Il n'y a plus d'autrefois?[23]

– Pentru numele lui Dumnezeu! Era un cântec, nimic mai mult.

– Poate pentru tine. Pentru mine acest *autrefois* este veșnic. Nu voiam să risc să ne întâlnim la Paris, prin cine știe ce viclenie a sorții, și să ne privim ca niște străini. Aici, unde amintirea prezenței tale este neîntinată, pot să stau zile întregi pe munți, pe când îmi păzesc oile, să visez la un viitor pe care l-am știut totdeauna imposibil. Am o singură părere de rău, i-am distrus viața Noricăi.

Emil a stat mult de vorbă cu Andra. Între timp, au venit în camera de zi și Carmen cu Norica. După conversația cu Emil, Andra a mai vorbit multă vreme la telefon și cu Norica. Aceasta nu avea resentimente împotriva Andrei și îi era recunoscătoare că îi asigurase o viață materială mai mult decât comodă. Indiferent de zbaterile sale sentimentale, Emil era un bărbat chibzuit și valorificase averea pe care Andra i-o donase Noricăi. După 1989 reușise să achiziționeze importante suprafețe de pășuni și ajunsese să dețină cele mai mari turme de oi din Harghita, înființând și conducând o întreprindere agricolă prosperă.

---

[23] Când te voi revedea/ La Saint-Germain-des-Près/ Nu vei mai fi cel de acum/ Nu voi mai fi cea de acum/ Nu mai există altădată (în limba franceză) – din cântecul „Il n'y a plus d'après", versuri și muzică de Guy Béart.

Bineînțeles, nu putea fi vorba să-i pună pe Carmen și pe Erman să plivească grădina de zarzavat. După ce au petrecut câteva zile ca musafiri de vază ai familiei Lahovari, Carmen și Erman au plecat, complet refăcuți, spre București. În gară la Miercurea Ciuc, Emil se uita la trenul care se depărta. După acest interludiu, nu avea altceva de făcut decât să se ducă la una din stânele sale și să viseze, privind la culmile munților Harghita.

Capitolul VI

Ședința de la Duma Orășenească Nijni Novgorod era programată pentru ora 10 dimineața. Pentru a nu întârzia, Despina, însoțită de Mihail Golițîn și Igor Zolotuhin, decolase de dimineață cu avionul societății Totila de la Moscova, aterizând pe Aeroportul Internațional V.P. Chkalov în jurul orei 8. Având timp, s-au instalat la hotelul Nikitin, unul din cele mai vechi din oraș. Din exterior, era o clădire veche de cărămidă roșie, care nu-i inspirase Despinei multă încredere. Interiorul fusese complet renovat, menținând o parte din fastul unei epoci trecute, și nu avea lipsa de personalitate a noilor hoteluri internaționale. Despinei i se rezervase așa-numitul apartament prezidențial, cu două camere excesiv de mari, mobilate cu gust. De la fereastră avea o vedere uluitoare asupra confluenței râului Oka cu Volga. Toată zona până la mal era un parc. În mijloc era un monument, despre care a aflat ulterior că era memorialul marelui război de apărare a patriei. La stânga erau două stranii structuri metalice cu sticlă, scheletele pavilioanelor folosite în 1896 ca să adăpostească Expoziția de Industrie și Artă a Întregii Rusii, în curs de a fi acoperite cu sticlă și amenajate pentru a fi utilizate pentru o sală de expoziții și o sală de concerte. La dreapta se vedea Catedrala Sfântul Alexandru Nevski, iar în fața intrării în catedrală, statuia impozantă a cneazului, arătând mai degrabă a războinic decât a sfânt. Despina găsea că rușii demonstrau o strădanie de a-și amplasa hotelurile de lux, astfel încât să asigure vizitatorilor o vedere care să includă, pe cât posibil un curs de apă și o biserică.

Nu avea însă timp pentru reflecții asupra preferințelor estetice ale locuitorilor țării gazdă. A coborât în lobby-ul hotelului pentru a pleca la întâlnirea de la Duma Orășenească. Drumul a fost o încântare. După podul Kanavino peste Oka, i-a atras atenția un monument în cinstea lui Jules Verne, reprezentându-l pe scriitor în nacela unui balon uriaș metalic; i se părea ciudat că un asemenea monument fusese ridicat în 2005 într-un oraș de pe Volga. Și-au continuat drumul prin partea veche a orașului, pe strada Rojdestvenskaia, trecând pe lângă biserica Stroganov, până în piața Minin și Pojarski de lângă Kremlin. Au intrat apoi în incinta Kremlinului pe lângă turnul Zaceatskaia ajungând în cele din urmă la clădirea dumei.

În cursul ședinței, prezidate de Elizaveta Soloncenko, primărița orașului, membri ai dumei au prezentat avantajele amplasării uzinei chimice a concernului Totila la Nijni Novgorod. Din punct de vedere al căilor de comunicații, pe lângă rețelele rutiere și feroviare, situarea orașului pe Volga asigura, prin sistemul de canale al Rusiei, legături de navigație cu Marea Neagră, Marea Baltică și Marea Albă. Universitatea de Stat N.I. Lobacevski din oraș pregătea cadrele de specialitate de care uzina chimică putea avea nevoie. În zona industrială, situată în localitatea Bor, pe malul opus al Volgăi, existau multe unități industriale importante. Au menționat cele mai însemnate dintre ele: „Uzina de automobile Gorki", care pe lângă autoturisme producea transportoare blindate pentru trupe, uzina „Krasnoie Sormovo" pentru nave fluviale și maritime, inclusiv submarine, uzina „Sokol" pentru avioane, uzina de construcții de armament, piese de artilerie, lista uzinelor continuând. Prezentarea era convingătoare: fără îndoială, orașul era un puternic centru industrial. La sfârșit, Despina a mulțumit membrilor dumei care erau prezenți pentru informații și, după câteva fraze, în care le arăta că era impresionată de capacitatea industrială a orașului, a promis că va prezenta aceste informații comitetului de conducere al concernului Totila.

Prezentarea fusese aridă și Despina s-a bucurat să bea o sticlă de bere Baltica, pe când lua o mică gustare la o berărie de lângă Kremlin. Nu aveau timp pentru un dejun, deoarece aveau de parcurs 150 kilometri până la Șatki, al doilea amplasament luat în considerare pentru uzina chimică.

Șoseaua era bună și neaglomerată; trecea prin sate situate la mai mulți kilometri distanță și prin zone împădurite. Pe drum spre Șatki, Igor Zolotuhin relata câteva informații despre industria din Nijni Novgorod, pe care le obținuse de la un coleg pe care îl întâlnise în apropiere de hotel. Uzina de automobile fusese achiziționată în 2000 Grupul „Bazovîi Element" controlat de un anumit Oleg Deripaska, inclus pe lista oligarhilor ruși care, se pare, urmau să fie sancționați de Statele Unite. Pe lângă aceste informații economice, Igor mai aflase și unele bârfe. Foștii primari ai orașului Nijni Novgorod aveau toți dificultăți cu justiția. Vadim Bulavinov, primar până în 2010, fusese acuzat de abuz de putere de către Comitetul de Investigații al Federației Ruse și fusese de mai multe ori dat jos din avion în stare de ebrietate avansată. Oleg Sorokin, care fusese în funcție până în 2014, era anchetat pentru luare de mită și alte fraude. Cu doar un an în urmă, primarul Ivan Karnilin demisionase, după ce se aflase că soția cumpărase două apartamente în Statele Unite, la Miami, pe care plătise câteva milioane de dolari.

După aproape două ore, au ajuns la orașul Arzamas. Mihail i-a propus Despinei să se oprească să-l vadă. Era un oraș de peste 100.000 locuitori, semnificativ mai mare decât Șatki, și putea constitui o alternativă dacă niciunul din celelalte amplasamente nu-i convenea. Arzamas era un oraș istoric și avea multe monumente interesante, multe biserici vechi, multe muzee, printre care și un muzeu al patriarhilor și un teatru, care nu era vechi, însă era interesant pentru că fusese înființat în timpul războiului, în 1943, la doar 3 luni după bătălia de la Stalingrad, când ar fi fost de presupus că autoritățile sovietice aveau alte preocupări. Despina a găsit informațiile interesante, însă a preferat să continue drumul. Întâi voia să termine treaba și apoi, dacă mai rămânea timp, puteau să se oprească pentru vizite pe drumul de întoarcere. Oricum, nu avea de gând să mai complice lucrurile, prin includerea unui nou amplasament potențial.

Șatki era o mică așezare de tip urban, cu o populație de doar 8.000 de locuitori. Grupul a parcat mașina la intrarea într-o clădire modernă, în fața căreia era o statuie a lui Lenin. Întâlnirea a avut loc în biroul primarului, care era asistat de unul din adjuncții săi. Discuția a fost mai puțin formală decât cea de la Nijni Novgorod. Localitatea era capitală de raion, dar, în lipsa unor unități industriale mai importante, nu putea supraviețui. Avea o întreprindere care fabrica instrumente de metrologie și diferite unități de prelucrare a produselor agricole sau de întreținere a utilajelor agricole. Acestea nu erau suficiente pentru a împiedica decăderea orășelului, care în ultimii ani pierduse 10% din populație. O nouă uzină putea găsi mai ușor forță de muncă decât într-o metropolă, iar pentru personalul de înaltă calificare, primăria era dispusă să ia toate măsurile necesare pentru a-i asigura condiții de viață satisfăcătoare. Era mai mult o pledoarie de ajutor, decât o prezentare a unor condiții avantajoase pentru investitor. Despinei i-a plăcut personalitatea primarului, care părea sincer doritor să asigure progresul orășelului pe care îl conducea. De aceea, i-a promis primarului că își va da toată silința să-l ajute; dacă nu putea construi uzina chimică, va găsi altă investiție pe care să o localizeze la Șatki.

Discuția ținuse mult mai puțin decât cea de la Nijni Novgorod. Când au ieșit din biroul primarului, Mihail Golițîn i-a spus Despinei că, deoarece ajunsese la Șatki, voia să-i arate un monument care putea să o intereseze. La capătul străzii de lângă primărie au ajuns la o platformă placată cu marmură, pe care erau ridicate două arce înalte. Sub arcul din spate, era amplasată statuia unei fetițe. Perpendicular, de ambele părți erau câte trei arce, pe stâlpii cărora erau montate basoreliefuri de bronz.

– Ce reprezintă statuia?

– Este statuia Taniei Saviceva, o fetiță de zece ani, care în timpul marelui război de apărare a patriei, sau al Doilea Război Mondial cum îi spuneți în Occident, a rămas în Sankt Petersburg, pe atunci Leningrad, în timpul asediului. Orașul fiind înconjurat, oamenii nu aveau aproape nimic de mâncare și mureau literalmente de foame, pe când participau cu toții la apărarea orașului. Tania avea un carnet de notițe în care scria, pe scurt, ce se întâmpla în familia ei.

Mihail a dus-o pe Despina la un perete de marmură albă, situat în spatele statuii. Pe perete erau gravate niște semne, care de la depărtare păreau graffitti, dar care erau reproduceri ale notelor înscrise în carnețel:

Evghenia a murit în 28 decembrie 1941 la ora 12:00 ziua.
Bunica a murit la 25 ianuarie 1942 ora 3 după amiaza.
Lioka a murit la 17 martie 1942 ora 5 dimineața.
Unchiul Vasia a murit la 13 aprilie 1942 ora 2 dimineața.
Unchiul Lioșa la 10 mai 1942 ora 4 după-amiaza.
Mama la 13 mai 1942 ora 7.30 dimineața
Savicevii au murit
Toți au murit
A rămas doar Tania.

– Teribil. Este drept că cele câteva rânduri scrise de o fetiță de zece ani spun mai mult decât o carte. Dar de ce au ridicat acest monument tocmai la Șatki?

– În iulie 1942, armata roșie a reușit să evacueze 125 de copii bolnavi din Leningrad peste lacul Ladoga, aducându-i aici. Ceilalți copii au scăpat cu viață, dar Tania era bolnavă de tuberculoză și nu a putut fi salvată, murind peste un an. Notițele ei rezumă în câteva rânduri dramele suferite în timpul războiului de milioane de copii. De aceea, în Rusia, Tania Saviceva este considerată un simbol al copiilor care au suferit în timpul războiului.

Despina a continuat să se uite la inscripțiile de pe peretele de marmură și la basoreliefuri, fără a face comentarii până erau iar în mașină, pe drumul de întoarcere.

– Ai avut dreptate să mă duci la monumentul Taniei. Am rămas foarte impresionată de nenorocirea ei. Dar nu crezi că este ciudat să se ridice un asemenea monument în amintirea unei fetițe, care a murit în timpul războiului.

– Tania are un monument pe mormântul ei. Cel pe care l-ai văzut este ridicat în memoria tuturor copiilor care au murit în timpul războiului. Când ne-am întâlnit prima oară, ți-am spus că, dacă vrei să ai succes în Rusia, trebuie să înțelegi mentalitatea noastră. În timpul celui de al Doilea Război Mondial, ca și în alte războaie, au murit mulți ostași, sacrificiul și eroismul celor căzuți este venerat prin diferite monumente memoriale din diferite țări. Dar în aceleași războaie au murit și foarte mulți civili, adesea mai mulți decât ostașii care au murit pe front; aceștia sunt peste tot ignorați, deși sunt victime ale conflictelor armate. Bineînțeles avem în Rusia, ca și în alte țări monumente în care îi cinstim pe ostașii care au murit la datorie, însă, în multe orașe, avem monumente separate, ridicate în memoria victimelor civile ale războiului.

– Trebuie să existe asemenea memoriale și în alte țări.

– Există, fără îndoială, în cimitire, dar nu ca monumente în localitățile respective. Nu vorbesc despre cei care au murit în bombardamentele din Germania, dar gândește-te la Franța: orașele le Havre și Caen au fost distruse în proporție de aproximativ 80% de bombardamentele aliate, iar orașul Oradour a fost ras de pe pământ de trupele germane. Au fost construite muzee care să arate distrugerile, dar nu ca să comemoreze morții. La Rotterdam a fost ridicată o statuie numită „Orașul Distrus". Vezi, aici este diferența. În toate aceste cazuri accentul se pune pe bunurile materiale, nu pe victime. Statuia din Rotterdam plânge după clădirile bombardate din oraș, care, în ultimă instanță, au fost refăcute. În memorialele noastre nu deplângem orașele distruse și nici nu pomenim de anumite evenimente specifice. Noi ne gândim la viețile pierdute de persoanele necombatante, care nu mai pot fi reconstruite: în asta constă diferența de viziune.

– Foarte impresionant! Dar de unde știi toate acestea?

– Despina, uiți că sunt cercetător. Trebuie să culeg toate aceste informații pentru ca, atunci când sunt consultat, să pot emite o părere justificată. Dar, după câte știu, există și o excepție, la această regulă. Îți va veni greu să crezi, dar este vorba despre Spania.

– Spania nici nu a participat la al Doilea Război Mondial.

– Doar parțial adevărat. Voluntarii spanioli din „División Azul" au participat la blocada Leningradului, despre care am vorbit adineauri. Spania a fost însă teatrul unui război civil extrem de brutal, și, în materie de memoriale, mă refeream la victimele de la Guernica.

– Vorbești despre tabloul lui Picasso?

– Nicidecum. Tabloul nu face decât să condamne evenimentul, exact ceea ce criticam în viziunea occidentală, dar nu se gândește la victime. Eu mă refeream la statuia realizată de Eduardo Chillida la a 50-a aniversare a bombardamentului[24]. Dar, așa cum ți-am spus, este o excepție. La noi se prezervă amintirea tuturor victimelor conflictelor armate, nu doar cele ale ostașilor.

– Cui crezi că se datorează această viziune diferită?

– O explicație este că în timpul războiului Uniunea Sovietică a pierdut 10 milioane de ostași, probabil de același ordin de mărime cu pierderile tuturor celorlalte puteri combatante la un loc. În plus, a înregistrat și decesul a 10 milioane de civili, plus încă 5 milioane, care au murit din subnutriție sau maladii provocate de război. Dacă mai adaugi peste 3 milioane de morți în războiul civil și cel puțin încă o dată mai mulți decedați în sistemul Gulag sau în timpul represiunilor staliniste, nu crezi că este mai mult decât suficient pentru orice națiune să se gândească la toți acești morți, în majoritatea lor nevinovați, și să se gândească la ei? Nu există familie din Rusia care să nu deplângă mai multe victime în tot acest carnagiu. Asta este probabil explicația.

Între timp, ajunseseră la Arzamas și Mihail și-a întrerupt expunerea pentru scurt timp, înainte de a continua:

– Vorbind despre memoriale, nu vreau să te conving să îl vizitezi, dar aici, la Arzamas, există recent un monument în cinstea victimelor unui grav accident de cale ferată care a avut loc în 1988.[25] Nu știu dacă în vreo altă țară există un monument în memoria celor care au pierit într-o asemenea nenorocire.

Discuția a mai continuat puțin, după care Despina a început să se gândească la informațiile pe care

---

[24] Sculptura „Gure Aitaren Etxea" (Casa tatălui meu) de sculptorul basc Eduardo Txillida Juantegi, inspirată de poezia „Nire aitaren etxea defendituko dut" a poetului basc Gabriel Aresti Segurola.

[25] La 4 iunie 1988, un tren cu mai multe vagoane de explozivi a explodat chiar când trecea prin Arzamas, distrugând toate casele din jur și omorând 91 de oameni, dintre care 11 copii.

le obținuse și la decizia cu privire la amplasamentul uzinei chimice. Un singur lucru îi era limpede: poate nu știa multe despre Rusia, dar după cele câteva zile petrecute aici, precum și discuțiile avute cu Medvedev, cu membrii dumei orășenești din Nijni Novgorod și cu primarul din Șatki, începea să înțeleagă mai mult decât ar fi putut să o facă după o ședință cu membrii consiliului de administrație din New York. Ea era cea care trebuia să ia o decizie.

Întorși la Nijni Novgorod, Mihail i-a sugerat Despinei să facă o plimbare înainte de dineu. Nu avusese prilejul să viziteze orașul și puteau să parcurgă Ulița Bolșaia Pokrovskaia, principala stradă din orașul vechi, care fusese transformată în alee pietonală. Clădirile fuseseră toate renovate, pregătindu-se pentru serbarea a 800 de ani de la înființarea orașului. Pe stradă erau diferiți muzicieni stradali, iar pe împrejmuirile unora din clădiri diferiți artiști plastici își prezentau operele, fiind dispuși să facă, la fața locului, un portret sau o caricatură a unui trecător interesat. În diferite părți ale străzii, la marginea trotuarului, fuseseră ridicate statui: Despina a remarcat cea a unui lustragiu, a unei femei stând pe o bancă cu un copil în brațe, a unui violonist, a unui poștaș și cea a unui ospătar invitând trecătorii să intre într-un restaurant. Amuzată, Despina a sugerat să dea curs invitației. Era restaurantul „Vitalici", unul din cele mai selecte ale orașului. Ca și la Moscova, a dat de un meniu sofisticat și s-a decis să încerce un sitar la grătar cu salată de legume proaspete ca aperitiv, urmat de sturion la cuptor cu piure de cartofi, condimentat cu vanilie, mascarpone și napi murați. Ca desert, s-a hotărât, din curiozitate, să încerce o înghețată „Taiga", care avea un gust aparte, deoarece conținea și ace de brad. Lista de vinuri a restaurantului nu cuprindea vinuri rusești; după ce s-au sfătuit între ei, Mihail și Igor i-au recomandat un vin din Chile, care s-a dovedit a fi buvabil, dar nu excepțional.

Seara, în holul hotelului, Despina i-a comunicat lui Igor decizia ei de a amplasa uzina chimică la Șatki. Deși Nijni Novgorod părea să prezinte mult mai multe avantaje, Despina identificase trei considerente majore care o determinau să respingă această soluție. În primul rând, nu era indicat să amplaseze uzina chimică Totila pe o platformă industrială, pe care cele mai multe unități industriale erau legate de industria de armament. În al doilea rând, nu îi inspira încredere un oraș în care toți primarii din ultimii douăzeci de ani fuseseră găsiți vinovați de corupție. Ultimul argument era că nu voia să fie în nici un fel legată de un oligarh de pe lista persoanelor care urmau să fie sancționate de congresul Statelor Unite.

După decizia Despinei, mai rămânea de stabilit programul pentru zilele următoare. Igor Zolotuhin trebuia să plece de dimineață cu un zbor local la Moscova și, după ce comunica celor interesați amplasamentul ales pentru uzina chimică, să decoleze în aceeași zi la Almatî. Despina și Mihail urmau să zboare cu Boeingul companiei Totila până la Irkuțk, unde tehnicienii trebuiau să verifice dacă putea zbura fără dificultăți în zonele arctice.

Ajunsă în cameră, Despina a răsuflat ușurată. Avusese o zi foarte obositoare și era mulțumită că ziua următoare se putea scula mai târziu. Dar era foarte supărată pe sine. Argumentul hotărâtor în decizia ei cu privire la uzina chimică nu era niciunul din cele prezentate. Voia să ajute orășelul legat de Tania Saviceva. Sentimentele nu ar fi trebuit să joace nici un rol pentru o adevărată femeie de afaceri; totuși, cu toată supărarea, nu-și regreta decizia.

*

* *

Despina și Mihail se instalaseră în avionul care îi ducea la Irkuțk, un zbor care dura peste 5 ore. După ce atinseseră înălțimea de croazieră și pilotul anunțase că puteau desface centurile de siguranță, asistentul de zbor le-a adus cafele și câteva fursecuri, Mihail a găsit că era momentul să-i pună Despinei o întrebare care îl preocupase de când o întâlnise.

– Despina, de mult voiam să-ți pun o întrebare. Am niște note biografice ale unui străbunic al meu. În ele menționează că, în timpul războiului civil, în 1919, lupta contra bolșevicilor sub comanda generalului Denikin. Avea un camarad de arme de care era legat, al cărui nume, care suna destul de straniu, l-am reținut. Era prințul Ditrih Alarihovici Totila. Acesta a căzut prizonier în luptele de la Țarîțin; nu a mai avut niciodată o veste despre el. Eram oarecum înrudiți, pentru că se însurase cu o prințesă Orlova, care avea o bunică sau un bunic din familia Golițîn. Voiam să știu dacă există o legătură oarecare între tine și prințul Ditrih Totila.

– Există. Dietrich Totila este străbunicul meu. A reușit să evadeze din prizonierat și s-a refugiat în Danemarca. Urmașii lui s-au mutat apoi în Spania și în Statele Unite. Dacă străbunicul tău a luptat în armata albă, cum a scăpat de bolșevici?

– Pot să-ți spun ce știu din notele străbunicului meu, Nikolai Golițîn. După înfrângerea lui Denikin, a plecat în Siberia să lupte în trupele amiralului Kolceak. Străbunicul Nikolai a fost luat prizonier și condamnat la muncă în Siberia. Norocul său a fost că era inginer și, în momentul în care autoritățile sovietice au hotărât construirea orașului Novosibirsk, era unul dintre puținii deținuți cu o calificare tehnică. Astfel a scăpat cu viață. Încetul cu încetul, cei rămași din familia Golițîn s-au integrat în noua societate. Acum, pentru generația mea, toate astea fac parte dintr-un trecut îndepărtat.

– Înțeleg că unii dintre strămoșii tăi nu au supraviețuit acestor vremuri tulburi. Luptaseră cu toții în cadrul armatei albe?

– Nu, dar făceam cu toții parte din protipendada vremurilor. Cnejii Golițîn, sau prinții în ierarhia occidentală, erau o veche familie aristocratică de origine lituaniană care se trage din Gediminas; mare duce al Lituaniei în secolul XIII.

– Este surprinzător să constat că guvernul Federației Ruse utilizează serviciile de consultanță ale unui principe.

– Nu-i la fel de surprinzător să constat că o principesă conduce unul din cele mai mari concerne din lume?

– Să lăsăm titlurile. Explică-mi de ce familia ta nu a fugit din Rusia sovietică. Mulți au fugit în China, la Harbin.

– Și mai mulți au rămas, iar un număr mare din cei fugiți s-au întors în Rusia. Ți-am mai spus, dacă ești aici trebuie să înveți să înțelegi Rusia. Pot să-ți citez pe marele filozof rus, Ivan Ilin[26], care a considerat revoluția din 1917 ca pe o mare tragedie, totuși a refuzat să emigreze. El își justifica refuzul prin următoarea întrebare: „oare îți părăsești mama, atunci când este bolnavă?"

– Nu știu dacă este același lucru. O mamă bolnavă nu se îndreaptă împotriva fiilor ei. Oricum, patria este o noțiune abstractă, nu este o persoană.

– De bună seamă, în alte țări. Gândește-te în diferite limbi, pe care le cunoști, la expresii care sună complet absurd: Vater Deutschland, Mère France, Mother United States, Madre España și aș putea continua. Dar în limba rusă și în spiritul rus, expresia Мать-Россия este utilizată încă din secolul XVI. Printre primii care

---

[26] Ivan Ilin (1883-1954), filozof religios și politic, jurist și publicist rus, opozant al regimului sovietic.

au utilizat această expresie au fost călugărul Maxim Grecul[27] și politicianul Andrei Kurbski[28]. În secolul XVII, Bogdan Hmelnițki, conducătorul cazacilor, a exclamat, după ce i-a învins pe polonezi: „Toți suntem ruși, degeaba vor să ne despartă." Fiodor Tiutcev[29], contemporan cu Pușkin, a scris o poezie în care afirma: „suntem cu toții același popor." Este deci o expresie foarte veche, și exprimă un sentiment adânc înrădăcinat în sufletul rușilor.

– Nu este o expresie a naționalismului?

– Poate, deși nu exista acest concept în secolul XVI. În orice caz, este un naționalism aparte, care nu este bazat pe etnie, ci face legătura dintre populație și pământul pe care locuiește. Coeziunea statului rus este bazată de secole pe accentuarea elementelor care ne unesc, spre deosebirea de internaționalism care le amplifică pe cele care ne dezbină. Caut doar să-ți explic mentalitatea locuitorilor acestei țări. Și să-ți arăt că lozinca actuală „Suntem un singur popor, și avem o singură Rusie" nu este o găselniță a politicienilor de azi, așa cum este prezentată tendențios în occident, ci exprimă un sentiment prezent în sufletele populației.

– Și care este opoziția, de care pomeneai, cu internaționalismul?

– După revoluția din 1917, Lenin, care susținea internaționalismul proletar, considera că, în viitor, va exista în lume un singur stat, cel al proletariatului. De aceea, a înființat Uniunea Sovietică, formată dintr-o multitudine de republici socialiste, cu frontiere arbitrare, la definitivarea cărora a contribuit și Stalin, pe care azi occidentul

[27] Maxim Grecul (1475-1556), călugăr de origine greacă, activ în Rusia ca filozof. Scriitor și cărturar.

[28] Principele Andrei Kurbski (1528-1583), conducător militar și filozof politic rus.

[29] Fiodor Tiutcev (1803-1873), diplomat și poet rus.

le consideră sacrosancte. Dovadă sunt toate conflictele care au apărut între noile state create pe baza acestor frontiere leniniste.

– Mișa, nu poți fi serios. Erau republici având în majoritate populații de diferite alte etnii, care aveau dreptul să fie independente.

– Poate că aș putea admite această obiecție, dacă frontierele ar fi fost trasate ținând seama de criterii demografice. Dar fiind complet arbitrare, au dus la o serie de conflicte militare între diferitele republici cu frontiere trasate de birocrații comuniști de la Moscova. După mine, țările din care fac parte diferite regiuni trebuie să fie exclusiv decizia populației locale, fără intervenții externe.

– Aici sunt de acord.

Discuția a trecut spre alte subiecte, cu care Despina era mai familiară și unde putea avea un rol mai activ. Au ajuns la Irkuțk după ora 6 seara, ora locală.

Mihail rezervase locuri la Hotelul Kupceski Dvor, care era o reconstituire a reședinței unui anumit Krasilnikov, avocatul din Irkuțk în secolul XIX. Clădirea era construită din bârne de lemn, în stil siberian, însă interioarele erau amenajate după standardele hotelurilor de lux moderne. Și-au luat dineul la restaurantul hotelului, unde Despina a avut ocazia să încerce feluri de mâncare siberiene. A început cu un aperitiv de labe de urs marinate și apoi prăjite, la care era imperativ să fie asociate câteva păhărele de vodcă. Ca prim fel, a ales o goroșnița, un fel de budincă de mazăre făcută cu grăsime de pește. Au urmat frigărui de omul, un pește care nu creștea decât în lacul Baikal. Ca desert, a luat o prăjitură de mălin siberian. Erau mâncăruri pe care le vedea pentru prima oară, dar care i-au plăcut.

Seara, ca de obicei, înainte de a adormi, Despina se gândea la cele petrecute în cursul zilei. Mihail Golițîn era un om ciudat. Pe de o parte făcea parte din aristocrația rusă; familia sa suferise represiunile regimului comunist. Totuși, în prezent, era într-o poziție în care părea să aibă o influență politică care nu era neglijabilă. Aflându-se la conducerea unei mari corporații, Despina nu era ignorantă în privința politicii internaționale. Multe din punctele de vedere expuse de Mihail păreau să fie o justificare a politicii oficiale a Federației Ruse. Aceasta nu era o surpriză, din moment ce Mihail fusese recomandat de prim-ministrul rus. Chiar într-un regim autocratic, ca cel din Rusia, deciziile politice nu se luau la întâmplare, după capriciile unui conducător, ci, de cele mai multe ori, erau bazate pe analize de fundamentare furnizate de un *think-tank,* cum era cel din care făcea parte Mihail.

Chiar dacă unele din afirmații, cum era cea că țările occidentale susțineau frontiere fixate de Lenin, păreau excesive, Despina nu era în stare să găsească contraargumente. În prezentarea pe care o făcuse, Mihail păruse sincer convins de cele pe care le expunea; nu era o simplă prezentare a unui punct de vedere oficial. În acest caz, putea admite ipoteza că aceste puncte de vedere reprezentau poziția sugerată de acest *think-tank,* din care Mihail Golițîn făcea parte, și care fusese adoptată de conducerea federației.

Mihail nu se referise niciodată, nici în mod pozitiv, nici în mod negativ, la poziția vreunui conducător al Federației Ruse. Evitase din discuție orice referințe politice. Despina știa perfect că fraza: „Suntem un singur popor, și avem o singură Rusie”[30] nu era o simplă lozincă, ci fusese pronunțată în cursul unui discurs al președintelui Putin. Totuși, în special în prezent, când toată lumea își citea discursurile de pe un teleprompter, asemenea discursuri erau elaborate de echipe de scribi. Citatele

---

[30] Мы единый народ и Россия у нас одна – frază pronunțată de Vladimir Putin în discursul la Duma de Stat în 1 Decembrie 2016.

popularizate nu erau nicidecum concepute de politicienii care le citeau. Faptul că Mihail prezentase un istoric al lozincii respective putea fi interpretat că nu era străin de includerea faimoasei fraze în discursul președintelui. Toate acestea dovedeau că Mihail Golițîn nu era doar un cercetător asiduu, dar și că reușea să valorifice informațiile pe care pe culegea, prezentându-le în mod convingător celor care aveau nevoie de serviciile sale. Constatarea că Mihail Golițîn nu era direct implicat în politică îi oferea mai multă încredere în ajutorul pe care i-l dădea pentru evitarea unor eventuale sancțiuni. Iar a adormit supărată pe sine. Își dădea seama că adevăratul motiv era faptul că Mihail Golițîn făcea parte din înalta aristocrație și că îi plăcea personalitatea lui; acesta nu era un raționament pe care-l putea face o bună femeie de afaceri.

*

* *

A doua zi, Despina și Mihail au plecat de dimineață cu o mașină în amonte de-a lungul râului Angara până la Lisianka, unde Mihail închiriase o ambarcație cu motor cu care au făcut o plimbare pe lacul Baikal. Peisajul acestui lac imens, înconjurat de munți era absolut feeric. Malurile erau toate împădurite, doar la distanțe mari unele de alte se vedeau sate cu case joase, care nu alterau mediul înconjurător. Au putut vedea doar o mică parte din lacul care avea o lungime de peste 600 km, dar excursia de trei ore i-a dat Despinei prilejul de aprecia această minune a naturii. La întoarcerea în Lisianka, Mihail a dus-o pe Despina pe un deal pe malul lacului, dându-i o panglică ca să o lege de ramura unui copac. I-a explicat că era un obicei al bureaților, menit să liniștească spiritele malefice Obo, astfel încât călătoria să fie un succes. Dacă, în timpul acestei ceremonii, îți exprimai o dorință, spiritele aveau grijă să se împlinească. Despina a găsit că, la urma urmei, dacă îți îndeplineau dorințele, spiritele Obo nu păreau chiar atât de malefice. Excursia durase mai mult decât fusese inițial prevăzut, și Mihail a fost nevoit să renunțe să-i arate Despinei stația de cale ferată Sliudeanka, singura de pe glob construită în întregime din marmură.

După ce au mâncat ceva în grabă, Despina a pornit să exploreze orașul Irkutsk, îndrumată de Mihail. Pe când colindau pe Strada Urițki, au trecut pe lângă un magazin de blănuri. Mihail i-a atras atenția că, dacă voia să-și cumpere o blană, Irkutsk era locul unde să o facă; glacialele ierni siberiene determinau localnicii să se îmbrace cât mai bine. Despina nu avea nevoie de o blană, însă, de curiozitate, a intrat în magazin. Selecția era impresionantă, cu mult mai bogată decât în oricare blănărie de lux din occident. Vânzătoarea a început să le dea explicații despre calitățile diferitelor blănuri. Le lăuda, în special pe cele de samur, un animal care trăiește numai în pădurile de conifere din Siberia. Dintre acestea, cele de samur de Barguzin, care poate fi găsit doar în pădurile din zona Baikalului, erau cele mai închise la culoare și cele mai scumpe. Le-a arătat un mantou făcut din această blană de care era extrem de mândră. Anul trecut, un mantou similar se vânduse la licitația de blănuri de la Sankt Petersburg cu circa 150.000 dolari. Despina se întreba unde ar fi putut să se ducă cu un asemenea mantou la New York.

Pe strada Urițki a putut admira multe clădiri vechi ale orașului, care fuseseră restaurate, dându-i prilej să cunoască arhitectura siberiană. Ca și pe alte străzi pietonale din Rusia, cântau diferiți muzicieni. Despina s-a oprit să-l asculte pe unul dintre ei, care, cu o frumoasă voce de bas, cânta, acompaniat de un acordeon, o melodie pe care o mai auzise, fără să poată spune unde:

По диким степям Забайкалья,
Где золото роют в горах...[31]

Mihail i-a dat explicații, care nu o lămureau de unde cunoștea melodia.

Au vizitat apoi catedrala Maica Domnului din Kazan, care fusese închisă în 1936 și transformată în magazie. În 1988 reîncepuse restaurarea iar în prezent, era catedrala Mitropoliei Irkutskului și a Angarei. Toate aceste biserici, restaurate cu grijă după ce fuseseră închise de bolșevici, erau pentru Despina o altă dovadă că comunismul dispăruse în Rusia. Au continuat să mai hoinărească, eșuând în cele din urmă în restaurantul Ohotnikov, unde Despina și-a continuat degustarea bucătăriei siberiene. A început cu un *zagutai* de pește sărat, la care a cerut și niște maioneză, urmat de o friptură de căprioară cu sos de coacăze de munte și altă prăjitură siberiană cu o cremă cu mai multe fructe de pădure.

A doua zi s-au dus la aeroport să zboare spre aeroportul Alîkel, cel mai apropiat de orașul Norilsk, următoarea lor destinație. Pilotul i-a raportat Despinei că nu se identificase nici un impediment pentru zboruri în regiunile arctice, fiind de acord că o verificare preventivă era totdeauna preferabilă, Despina s-a pregătit iar pentru un zbor de mai multe ore; probabil că nu existau rute mai scurte în Federația Rusă. Inevitabil, pentru ca timpul să treacă mai repede, a continuat conversația cu Mihail.

– Uitându-mă pe hartă, nu-mi dădeam seama de imensitatea Rusiei. Nu-mi dau seama și nici nu am învățat când a cucerit un teritoriu atât de imens. Se tot vorbește despre descoperirea Americii, despre explorările înspre extremul orient, însă despre extinderea Rusiei nu se spune niciodată nimic.

---

[31] În sălbatica stepă a Transbaikaliei/ Unde aurul se excavează din munți... (în limba rusă) versuri din Бродяга (*Vagabondul*), cântec popular.

– A început ceva mai târziu, în 1583, însă a continuat neîncetat. În mai puțin de un secol, în 1639, rușii au ajuns la Oceanul Pacific. În 1741, exploratorul Vitus Bering[32] a debarcat în Alaska, luând acest teritoriu în posesie în numele țarului Rusiei. În momentul în care Anglia și Franța își disputau coloniile din America de Nord și Statele Unite nici nu existau încă, Imperiul Rus se întindea deja pe trei continente.

– Și cine a pornit toată această cucerire?

– A fost începută de un cazac numit Ermak, în serviciul lui Ivan IV, primul țar al Rusiei.

– Vorbești despre Ivan cel Groaznic?

– Da, deși trebuie să-ți semnalez că este un alt caz în care occidentul denigrează Rusia. Traducerea corectă a cuvântului грозный este înfricoșător, nu peiorativul groaznic.

– Indiferent de cum îi spui, până și eu știu că a omorât o mulțime de boieri.

– Nici aceștia nu erau chiar niște îngeri. De altfel, monarhii din țările occidentale, considerate mai civilizate, au fost la fel de violenți. Henric al II-lea al al Franței a ordonat masacrul din noaptea Sfântului Bartolomeu, iar Henric Tudor al Angliei, pe lângă cele două neveste trimise la eșafod, are pe conștiință nenumărați clerici catolici, cărora le-a luat averile. În ceea ce privește personalitatea lui Ivan IV, aceasta a fost reconsiderată recent de istoricii ruși, care, în 2002, au transmis o cerere către patriarhia de la Moscova, în care propuneau canonizarea țarului Ivan.

– Să-l facă sfânt? După ce și-a omorât propriul fiu?

– Despina, iar aplici standard dublu. De ce unii suverani care își omoară fiii sunt sfinți și alții sunt groaznici?

---

[32] Vitus Bering (1681-1741), explorator și cartograf danez, care a condus două expediții ale marinei ruse pentru explorarea coastei de nord-est a Siberiei.

– De unde ai mai scos că sfinții își omoară copiii?

– Pentru că, de multe ori, nu se spune întreaga poveste. Ia-l de pildă pe împăratul roman Constantin, numit în toată lumea creștină Sfântul Constantin. Știai că a trimis niște ostași ai săi să-l omoare pe fiul său Crispus și apoi a ucis-o pe soția sa Fausta într-o baie de aburi supraîncălzită? Nu s-a căit niciodată pentru asasinarea fiului său. În cazul lui Ivan a fost vorba despre o ceartă de familie, care a degenerat. Ivan a prins-o pe nora sa, Elena, plimbându-se prin palat îmbrăcată sumar. Ivan a luat-o la bătaie, fiul său s-a repezit să-și apere soția, iar în timpul încăierării, Ivan l-a rănit în cap, din greșeală, cu un baston care avea un vârf ascuțit. Accidentul l-a distrus pe Ivan care își iubea fiul; de aceea s-a îmbolnăvit și a murit peste doi ani. Cu toate acestea, unul este sfânt și altul este groaznic.

– Mișa, nu pot să duc cu tine o discuție cu subiecte istorice. Aparent ai dreptate, dar nici nu mă așteptam să nu-i aperi cu înverșunare pe ruși. De unde le știi pe toate acestea?

– Uiți că sunt cercetător și că trebuie să fiu foarte bine pregătit când susțin ceva la conducerea Federației Ruse. Dar în locul acestor povești morbide, cred că este mai amuzant să-ți povestesc primul conflict diplomatic dintre Anglia și Rusia.

– Nu știam că existau relații diplomatice între cele două țări în secolul XVI.

– Existau ambasadori care transmiteau mesajele între suveranii diferitelor state. La un moment dat, a sosit la Moscova un ambasador care aducea o scrisoare a reginei Elisabeta a Angliei către țarul Fiodor I. Adresându-se țarului, ambasadorul, care trebuia să enumere toate titlurile țarului, a omis două titluri, ceea ce a fost considerat o gravă insultă și a dus la ruperea unor negocieri. Unii istorici afirmă că nu era vorba de o omisiune, ci de faptul că lista titlurilor țarului Rusiei era mai lungă decât cea a titlurilor reginei Angliei.

– Trebuie să-ți dau dreptate într-o privință. Este mult mai amuzant decât relatările despre morți violente. Dar nu m-ai convins că lungimea titlurilor țarului este un argument pentru a dovedi superioritatea Rusiei.

Discuția a deviat spre discutarea destinației lor, Norilsk, cel mai nordic oraș de pe glob, având o populație de 180.000 de locuitori. Orașul se dezvoltase din cauza minereurilor exploatate de concernul Nornikel, una din cele mai importante companii private din Rusia. Concernul era primul producător de nichel și paladiu din lume, având și o importantă producție de cupru, platină, argint, aur și alte materiale cu nume ciudate ca rodiu, seleniu, iridiu, ruteniu sau telur. Despina avea unele informații, deoarece unele întreprinderi din subordinea ei aveau nevoie de asemenea materiale și uneori le cumpărau de la Nornikel, deși nu avea nici cea mai vagă idee la ce foloseau.

La aterizarea pe aeroportul din Alîkel, situat la 35 de kilometri de Norilsk, au fost opriți de organele de securitate care au cerut pașapoartele Despinei și ale personalului de bord. Mihail le-a prezentat autorizarea eliberată de biroul prim-ministrului Medvedev. Din motive strategice, Norilsk fusese declarat un oraș închis, unde accesul cetățenilor străini nu era permis decât cu aprobări speciale. De altfel, nu existau nici drumuri, nici căi ferate care să lege orașul de restul țării. Toate formalitățile ceruseră timp, astfel încât au ajuns târziu la hotelul *Polearnaia Zvezda,* Steaua Polară, unde s-au instalat. De altfel, Despina nu-și dădea seama cât era ceasul, deoarece la Norilsk, soarele nu apunea deloc vara.

A doua zi dimineața, Mihail i-a amintit Despinei că scopul vizitei era să-i creeze o imagine a zonei în care guvernul Federației Ruse voia să realizeze calea de navigație arctică. De aceea, nu era prevăzută nicio întâlnire cu autoritățile locale. Totuși, deoarece concernul Nornikel domina toate activitățile din zonă, o vizită protocolară la directorul general al unității locale a concernului ar fi indicată.

Clădirea direcției locale a concernului Nornikel era o imensă clădire modernă, care ar fi putut fi președinția consiliului de miniștri în alte țări. Directorul general, Aleksei Novakov a primit-o pe Despina cu multă considerație. În cursul discuției, Novakov a arătat că Nornikel avea mari greutăți în eliminarea moștenirii de la sistemul socialist. Începuse tratative cu trustul Tolila, cât și cu canadienii pentru instalarea unor sisteme de eliminare a poluării, dar tratativele mergeau foarte încet. Era vorba despre un contract de câteva miliarde de dolari, pe o durată de până la zece ani. Despina a promis să se ocupe imediat de problema respectivă. Răspunsul nu era doar o politețe; de fapt, era extrem de supărată că din cauza ezitărilor unora din salariații ei risca să piardă un asemenea contract, care putea fi încheiat cu concurenți canadieni.

Mihail a încercat să o liniștească pe Despina:

– Nu trebuie să crezi toată perorația lui Novakov. Nici vorbă despre o tergiversare din cauza trustului Totila. Era doar un mod de a se scuza pentru faptul că Norilsk este cunoscut ca fiind cel mai poluat oraș de pe glob. Autoritățile de la Moscova au încercat de peste un deceniu să determine concernul Nornikel să ia măsuri, însă conducătorul acestuia, Vladimir Potanin, se lasă greu.

– Stai! Parcă mi-a pomenit Medvedev de numele lui, ca un exemplu negativ al oligarhilor.

– Nu știam că a făcut-o. Dar dacă ți l-a citat printre mai multe nume, nu există nicio îndoială că acesta era numele pe care voia să îl reții. Nu putea să-ți spună ceva negativ doar despre unul din oligarhi. Medvedev își închipuia că, dacă vei vizita zona căii de navigație arctice, vei constata direct ce voia să înțelegi.

– Ce complicat! Ar fi putut să-mi spună direct ce voia.

– În orice caz, poți fi convinsă că discuțiile dintre Norilsk și canadieni nu sunt mai avansate.

Cu toate acestea, Despina s-a întors la hotel, ca să trimită un mesaj la New York, dându-le dispoziție să accelereze formele de contractare.

Nemaiavând altă treabă, Mihail a dus-o pe Despina la monumentul numit „Golgota din Norilsk". După descoperirea zăcămintelor din peninsula Taimîr, orașul Norilsk, portul Dudinka și calea ferată legând cele două localități fuseseră construite de deținuți din sistemul Gulag. Mulți își pierduseră viața în condițiile de muncă arctice. În 1953, cei peste 16.000 de deținuți din zona Norilsk au organizat o grevă de protest care a durat 69 de zile. Deși Stalin murise, Lavrenti Beria mai era ministru de interne, iar conducătorii grevei au fost aspru pedepsiți. În memoria celor care muriseră în detenție, la poalele muntelui Schmidt[33] a fost ridicată în 1990 o capelă de lemn în stilul bisericilor medievale din Pskov. Ulterior, au fost înălțate monumente memoriale pentru deținuții proveniți din diferite țări: Polonia, Estonia, Latvia, Lituania și Japonia.

După-amiaza, Despina și Mihail au făcut un tur al orașului și al suburbiilor. Erau vizibile vestigiile perioadei sovietice. Unele părți fuseseră abandonate și rămăseseră în picioare doar zidurile, lângă care zăceau resturi ale unor vagoane de cale ferată sau ale unor utilaje industriale. Dar mai erau multe blocuri tip din anii socialismului, care erau vopsite în diferite culori. Mihail i-a explicat Despinei că din cauza permafrostului, terenul de fundație era solid pentru că era înghețat. Clădirile, chiar dacă erau blocuri de circa 10 etaje, erau construite pe stâlpi metalici, lăsându-se un spațiu liber în locul subsolului, spațiu în care se menținea temperatura ambiantă.

---

[33] Numit astfel după exploratorul Fiodor Bogdanovici Schmidt (Фёдор Богданович Шмидт).

Conducte speciale cu refrigerant erau utilizate în timpul verii pentru a preveni dezghețarea fundației. Ca revers, deoarece în timpul iernii, grosimea stratului de zăpadă putea depăși doi metri, parterul blocurilor de locuit era ridicat, pentru ca oamenii să nu riște să rămână blocați în casă până la intervenția utilajelor de deszăpezire.

Se vedeau însă eforturile făcute, în special în ultimii ani, pentru modernizarea orașului. Spre surprinderea Despinei, orașul avea o universitate tehnică și mai multe școli de specializare postliceale. Exista și Teatrul Polar Vladimir Maiakovski, care fusese înființat în 1942, dar nu mai funcționa în baraca de lemn în care începuse, având o clădire nouă. Norilsk era departe de a fi un oraș frumos. Ceea ce se vedea însă era rezultatul strădaniei de a realiza un oraș funcțional, care satisfăcea nevoile locuitorilor; mai rămânea însă imens de mult de lucru.

În ziua următoare, Despina și Mihail s-au dus la Dudinka, portul care trebuia dezvoltat pentru Calea de Navigație Arctică. Era un orășel care avea doar 20.000 locuitori. Au vizitat instalațiile portuare, amenajate în special pentru a încărca produsele combinatului Nornikel spre Marea Kara, în perioadele când navigația era posibilă. Despina s-a uitat la macaralele care ridicau containere pe un vas amarat în port. În orice caz, pentru transformarea orașului într-un mare port maritim, erau necesare investiții importante.

În lungul râului bătea un vânt rece și Despina și-a dat seama că subapreciase climatul arctic și nu-și luase suficiente haine, care să-i țină cald. A intrat într-un magazin cu produse artizanale locale și a cumpărat o șubă din piele de ren. Șuba era decorată cu un mozaic din diferite blănuri și pânzeturi colorate precum și o multitudine de ciucuri. Era tipul de îmbrăcăminte purtat de femeile nenețe în timpul iernii, când temperaturile scădeau până la minus 50 grade și era mult prea călduroasă pentru perioada de vară, însă Despina a cumpărat-o pentru că îi plăcea cum arăta. După ce s-a plimbat jumătate de oră îmbrăcată cu șuba, era atât de încălzită încât a intrat într-un restaurant să bea o bere rece, cerând și niște *khachapuri adjarian*, o plăcintă georgiană cu brânză peste care se puneau ochiuri.

Despina și Mihail nu s-au mai întors la Norilsk, oprindu-se pe drum la aeroportul din Alîkel. Ținând seama de durata zborului, hotărâseră să zboare la Astana în timpul nopții. Aventura arctică a Despinei se încheiase. Fusese o vizită interesantă, dar nu credea că se va întoarce curând în nordul Siberiei.

*

* *

Sosiți la Astana în dimineața următoare, au mers cu un taxi până la Hotelul Ritz-Carlton, unde i se rezervase Despinei un apartament. Când a coborât din taxi, atenția i-a fost atrasă de un monument de peste 100 m înălțime, situat în parcul din fața hotelului. Consta dintr-un cilindru central, înconjurat de o serie de bare verticale, care, în partea superioară se desfăceau ca o corolă, în centrul căreia se găsea o sferă aurie cu un diametru de 22 m. I s-a explicat că monumentul, numit „Baiterek", era o reprezentare a concepției cosmogonice kazahe a arborelui vieții, care își are rădăcinile în lumea subterană, al cărui trunchi este terestru, pe când coroana se înalță spre ceruri. Construcția intenționa să simbolizeze acest arbore mitic, în ramurile căruia pasărea magică Samruk își depusese oul. Despina a stat câteva clipe să privească monumentul, înainte de a intra în hotel.

Au fost întâmpinați de Igor Zolotuhin, care sosise în ajun de la Almatî, însoțit de Talgat Sultanov, avocatul kazah cu care elaborase documentele necesare pentru înregistrarea societății tip *shell companies*. După ce s-a relaxat puțin, Despina s-a întâlnit cu ei într-un salon, să citească actul prin care se înființa societatea ASTO, totalitatea acțiunilor fiind deținute de Despina Totila.

Despina a cerut să se includă și prevederea că firma ASTO putea, fie direct, fie prin societăți subordonate, să coordoneze eventuale investiții în Kazahstan. Concernul Totila nu avea încă investiții, dar era bine să aibă o ușă deschisă, dacă la New York se lua decizia de a se extinde în Asia Centrală. Despina era desemnată președinte al noii societăți, iar Talgat Sultanov lua funcția de director general interimar. S-a mai discutat localizarea sediului societății. Sultanov ar fi preferat Almatî, care era centrul financiar al țării și unde firma sa de servicii juridice își avea biroul principal. Despina a optat însă pentru Astana; din moment ce era o societate fictivă, prefera să fie în capitala politică. Dacă apăreau cine știe ce dificultăți, putea mai ușor să găsească un politician care, în schimbul postului de membru al consiliului de administrație, putea să le asigure un sprijin esențial. Despina nu știa nimic despre Kazahstan, dar nu-și închipuia că era mai puțin corupt decât zecile de țări în care activa concernul pe care îl conducea.

Sultanov a făcut modificările cerute și a rugat secretara sa să le pregătească, astfel încât Despina să le poată semna a doua zi dimineața. Apoi, toți patru s-au dus la restaurant, pentru dejun. Pe când mâncau, Targat îi povestea Despinei despre orașul Astana, pe care urmau să-l viziteze după-amiază. Localitatea, numită inițial Akmolinsk, era un orășel pierdut în mijlocul stepei, până când Hrușciov a lansat campania de desțelenire a terenurilor virgine din Asia Centrală, primind numele de Țelinograd. După independență, în 1997, președintele Nursultan Nazarbayev a decis mutarea capitalei Kazahstanului de la Almatî, schimbând și numele localității în Astana. În ultimii 20 de ani, orașul se dezvoltase rapid, având acum peste un milion de locuitori. Partea veche nu era deosebit de interesantă, însă în partea modernă a orașului, realizată pe baza unui plan de sistematizare conceput de experți din Japonia, se puteau vedea adevărate minuni arhitectonice.

În plimbarea de după dejun, Despina și-a dat seama că ajunsese într-un oraș modern, bine sistematizat, cu multe clădiri foarte înalte. Au făcut turul cu mașina, oprindu-se la cele mai importante. Nu au intrat în Moscheea Hazrat Sultan, care avea o uriașă cupolă centrală înconjurată de opt cupole mai mici și era străjuită de patru minarete; Despina a observat, cu surprindere, că moscheea era peste drum de ambasada Statelor Unite. În depărtare, se vedea clopotnița Catedralei Ortodoxe a Adormirii Maicii Domnului care, cu înălțimea sa de 75 metri, părea că voia să se ia la întrecere cu minaretele.

O clădire excepțională era Palatul Păcii și Reconcilierii în formă de piramidă, de 66 m înălțime, acoperit în partea inferioară cu granit, iar în partea superioară cu geamuri de sticlă. În interior se afla o sală de operă cu 1300 de locuri, și alte încăperi pentru întruniri. Palatul era sediul permanent al Congreselor Conducătorilor Religiilor Mondiale și Tradiționale, care se întruneau o dată la trei ani, începând din 2003. Despina nu auzise de aceste congrese la care participau reprezentanți ai creștinismului, mahomedanismului, iudaismului, hinduismului, budismului, taoismului și ai altor religii.

S-au oprit apoi să admire sala centrală de concerte, o clădire cu mai multe ziduri curbe acoperite cu panouri de sticlă albastră, având intenția de a evoca dinamismul petalelor unei flori. În interior se aflau trei săli de concerte și mai multe magazine, restaurante și baruri. Targat, care își lua rolul de ghid în serios, le-a explicat că sala principală de spectacole avea o flexibilitate acustică deosebită, datorită unui sistem de perdele acustice și a unui tavan care absorbea reflecțiile acustice ale sălii.

La sfârșitul excursiei, grupul s-a oprit la cercul comercial Han Șatîr, un cort imens realizat printr-o rețea de cabluri de oțel acoperite cu o pânză de polietilenă transparentă. Principala atracție era un spațiu amenajat astfel încât să reprezinte o plajă dintr-o zonă tropicală, având nisip adus tocmai din insulele Maldive. Temperatura din spațiul respectiv era menținută constant la 35 grade, astfel încât fusese posibil să se crească și o vegetație tropicală. Bazinul de apă adiacent avea și o instalație de produs valuri artificiale. În afară de acesta, cortul mai cuprindea un supermarket, cafenele, restaurante, cinematografe și săli de gimnastică.

La sfârșitul plimbării, s-au oprit la restaurantul Ali Baba, care avea mese în aer liber. Era cunoscut pentru bucătăria kazahă, personalul de serviciu fiind îmbrăcat în costume naționale kazahe.

A început cu *koktal*, o mâncare din pește, cosaș sau sânger, afumat cu lemn de salcie, care îi dădea un gust specific. Peștele era acoperit cu castraveți murați, ceapă și alte zarzavaturi și apoi pus la cuptor. A urmat niște *kazî*, un cârnat făcut din carne de cal, la care se adăugase și o costiță de cal. Cele două mâncări kazahe i s-au părut interesante. Dar când i s-a dat să guste *kymis* făcut din lapte de iapă sau *șubat* din lapte de cămilă, ambele fermentate, Despina le-a găsit grețoase și a trecut la vinuri occidentale care, din fericire, se găseau în restaurant. Dineul s-a terminat cu niște *çäkçäk*, un desert sub forma unor bețișoare realizate din aluat cu caise uscate peste care se turnase un sos pe bază de lapte și miere. Despina le-a găsit excesiv de dulci, dar asta era părerea ei despre majoritatea deserturilor orientale.

A doua zi, Despina s-a dus la tribunal să semneze documentele de înființare a întreprinderii ASTO. Formalitățile au durat mai mult decât se așteptase. Despina a constatat că modernizarea Kazahstanului implicase și adoptarea birocrației din țările considerate dezvoltate. Mihail și Targat i-au explicat că, după standardele locale, totul se petrecuse extrem de rapid, grație unor „atenții" corespunzătoare; birocrația și corupția păreau să conviețuiască pașnic.

După-amiaza, întregul grup a făcut o scurtă croazieră pe râul Ișim, având posibilitatea să admire întreg ansamblul arhitectural al orașului. Seara, la Ritz-Carlton, după ce Targat și Igor își luaseră rămas-bun, Despina și Mihail rămăseseră singuri la hotel. Era încă devreme și s-au dus la bar să mai ia un cocktail înainte de a se retrage.

– Mișa, mâine dimineață ne vom despărți. Tu vei pleca cu o cursă Aeroflot la Moscova și eu îmi voi lua avionul pentru un lung zbor spre New York. Vreau să-ți mulțumesc în mod special pentru modul în care ai reușit să planifici această explorare a Rusiei. Am văzut atâtea lucruri pe care nu le cunoșteam și care au constituit o totală surpriză pentru mine. Parcă am făcut o călătorie într-o lume fantastică, a cărei existență o ignoram.

– Sunt încântat că te-a interesat călătoria. Totuși, speram să-ți mai pot arăta alte părți ale Asiei Centrale.

– Mi-ar face și mie o imensă plăcere. Din păcate, am și eu o slujbă în America și, indiferent de poziția mea, nu pot lipsi prea mult. Chiar așa încântătoare cum a fost, călătoria m-a făcut să lipsesc neașteptat de mult de la New York. Recunosc că, cu ajutorul tău, am rezolvat o problemă care mă preocupa, dar sunt atâtea alte lucruri de care trebuie să mă ocup.

– Îmi dau seama de asta. Însă mâine este sâmbătă, așa că, dacă mai stai o zi, tot vei putea fi luni dimineața la birou. Aici la Astana, ai văzut un oraș modern. Asia Centrală are însă o istorie multimilenară, de care nu poți să-ți dai seama. Un oraș pe care voiam să ți-l arăt este Samarkand.

– Dacă mergem la Samarkand, o să pierdem o zi pe drum și, pe urmă, încă cel puțin o zi vizitând.

– Zborul până la Samarkand nu cere decât două ore. Zburând cu avionul tău, nu pierdem timp la aeroport cu toate formalitățile de check-in. Dacă plecăm devreme, putem ajunge acolo în jurul orei nouă. Am avea aproape o zi întreagă să vizităm. Nu-ți va permite ca să vezi tot ce e de văzut, dar tot vei avea posibilitatea să-ți faci o idee despre istoria Asiei Centrale.

Despina a stat o clipă să se gândească:

– Bine. Unde merge mia, merge și suta. Ai dreptate: mâine este sâmbătă.

Din moment ce căzuseră de acord să plece devreme, nu au mai stat mult de vorbă și s-au retras în camerele lor. Alungită pe pat, Despina stătea să reflecteze la ce se întâmplase la bar. Fără îndoială, existau lucruri interesante de văzut la Samarkand, dar nu o atrăgeau în măsură deosebită. Oriunde pe lume s-ar fi dus, tot s-ar găsi ceva care merita să fie văzut. Despina își dădea însă seama că motivul pentru care acceptase propunerea era dorința ei de a mai petrece o zi împreună cu Mișa. Deși o însoțise peste tot, la Astana, principalul rol de ghid îl luase Targat. Despinei îi lipsise modul mult mai pasionat cu care Mihail prezentase locurile vizitate, când fuseseră doar ei doi în Rusia. Nu-și regreta decizia însă, în același timp, era furioasă pe sine. Nu era un argument valabil pentru o femeie de afaceri. Dar nu aveau și femeile de afaceri dreptul la o viață personală și să se bucure fără remușcări de o sâmbătă liberă?

Zborul până la Samarkand s-a petrecut fără incidente. Pe drum, Mihail își reluase rolul și îi povestea că orașul era unul din cele mai vechi de pe lume, fiind menționat în scrierile sfinte zoroastrice, în secolul VII î.Hr. Orașul ajunsese să fie o așezare importantă când a fost cucerit de Alexandru Macedon; a urmat o istorie agitată în care diferite civilizații și-au lăsat amprenta asupra orașului. Samarkandul a fost capitala imperiului lui Tamerlan. Ulterior, orașul a fost cucerit de uzbeci, devenind o parte a hanatului de Buhara. În sfârșit, în 1867 Samarkand a fost cucerit de ruși și inclus în Imperiul Rus.

La Samarkand s-au instalat la hotelul Continental, care avea avantajul de a fi situat doar la 10 minute de principalele obiective turistice. Mihail mai fusese la Samarkand și cunoștea orașul.

Cel mai important complex care trebuia văzut era piața Registan, unde se aflau clădirile celor trei *madrase* din Samarkand. Deși numele se referea la toate școlile din sistemul de învățământ islamic, madrasele din piața Registan fuseseră universități. Mihail se aștepta ca Despina să nu știe mare lucru despre școlile islamice, așa că, pe când admira mozaicurile de cărămizi emailate, majolică și marmură sculptată care decorau *madrasele* Ulugbek, Șer-Dor și Tillia Ksri, îi dădea explicațiile necesare ca să înțeleagă la ce se uita.

– Fiecare *madrasă* este un ansamblu rectangular care înconjoară o curte interioară. La intrarea principală se află un *peștac,* un portal dreptunghiular cu deschidere arcuită. În partea centrală a celorlalte trei ziduri există câte un *aivan,* o sală mare boltită, două dintre ele fiind utilizate pentru cursurile din timpul verii, iar cea de a treia constituie intrarea în moscheea *madrasei*. În colțurile clădirii se află câte o *darshană,* auditorii acoperite cu un dom, iar în zidurile care înconjoară curtea, sunt șiruri de *hudjre,* având o deschidere arcuită spre curtea interioară și care serveau ca dormitoare ale studenților.

– Nu mă așteptam să găsesc atâtea universități medievale în Asia Centrală.

– Poate că nu te-ai așteptat să afli că cele mai vechi instituții de învățământ superior au apărut în lumea islamică, nu în Europa. Universitatea Ez-Zitouna din Tunisia a fost înființată cu aproape 200 de ani înaintea celei din Bologna; de altfel, puțină lume își dă seama că cele mai vechi patru universități din lume au fost create în Africa. Revenind la Samarkand, în secolul XV, orașul era centrul cel mai important din lume privind, între altele, astronomia și matematica.

În continuare au vizitat observatorul astronomic realizat, în 1428, de Ulugbek, care fusese dotat cu aparate de mare precizie pentru acea epocă, printre care un cuadrant și un goniometru. Au continuat să viziteze alte obiective turistice din oraș până când Despina, răpusă, i-a cerut lui Mihail să o conducă înapoi la hotel. A refuzat invitația de a merge să încerce bucătăria uzbecă; era convinsă că restaurantul hotelului putea servi o cină mai mult decât acceptabilă.

În timpul dineului, Mihai a vrut să-și ia rămas-bun de la Despina. A doua zi, pleca dis-de-dimineață să prindă cursa Aeroflot spre Moscova, și se aștepta ca, fiind obosită, Despina să nu se scoale atât de devreme. Ea a protestat imediat: chiar dacă nu aveau aceeași destinație finală, zburau în aceeași direcție. Nu era mare lucru pentru avionul ei să facă o escală la Moscova.

În dimineața următoare au decolat de la Samarkand la ora 7 dimineața, luând micul dejun în avion. Câștigând timp zburând spre vest, se așteptau să ajungă la aeroportul Șeremetievo la 9.40. Când se apropiau, venise, pentru a treia oară, momentul să-și ia rămas-bun.

– Acum, din păcate, această frumoasă călătorie se apropie de sfârșit. Trebuie să ne întoarcem fiecare la viața noastră de zi cu zi, lipsită de numeroasele clipe frumoase de care ne-am bucurat. Trebuie să-ți mulțumesc încă o dată pentru toate eforturile tale.

– Poate că această călătorie se sfârșește. Dar sunt multe locuri frumoase și interesante pe care ți le pot arăta.

– Ai făcut mult mai mult decât să mi le arăți. Explicațiile tale, extrem de documentate, au contribuit extrem de mult la plăcerea de a le vizita. Poate că aș fi putut să găsesc alte prilejuri de a le vedea; n-ar fi avut nici pe departe același farmec.

– Un motiv și mai puternic să găsești un mod ca să nu fie o întâmplare singulară.

– Mișa, ești foarte amabil. Dar știi că sunt foarte ocupată și cred că mi-ar fi aproape imposibil să găsesc timpul liber pentru o excursie similară.

– Nu trebuie să-mi dai răspunsul pe loc. Acum ești preocupată de teancul de hârtii pe care ți-l va prezenta secretara, când vei sosi la New York. Îmi vei da răspunsul când vei avea răgazul să te gândești și la altceva decât la sancțiunile pe care le-ar putea impune guvernul american.

– Îți promit că mă voi gândi multă vreme la timpul petrecut împreună. Dar te-aș sfătui să nu-ți faci iluzii.

– Despina, dacă am învățat ceva până acum, este că viața este construită din iluzii. Însă, înainte de a ne despărți, mai voiam să-ți fac o surpriză. Mi-ai spus că străbunicul tău a trăit în Rusia înainte de revoluția din octombrie 1917.

– E adevărat. Dar nu știu mai mult despre el, în orice caz privitor la perioada din tinerețea lui, când era aici.

– Mi-am închipuit asta. De aceea, voiam să-ți spun că am aflat câte ceva despre el. Ca toată protipendada vremii, locuia la Sankt Petersburg sau Petrograd, cum se numea în anii dinainte de revoluție. Dar avea și o moșie și un palat la Sîr-Lipski, un sat la 26 kilometri nord de Smolensk.

– Ești într-adevăr un înger că ți-ai dat silința să descoperi asta, când ai atâtea alte treburi. Îți mulțumesc imens pentru asta.

– Despina, n-am terminat. Conacul care a fost proprietatea familiei Totila mai este încă în picioare; fiind utilizat după revoluție ca școală, construcția nu a fost decât puțin alterată. Aș fi putut să fac rost de câteva fotografii ale conacului, dar nu în asta constă surpriza. Am aranjat ca o mașină să te aștepte la aeroportul din Smolensk și să te ducă să vezi reședința strămoșilor tăi.

– Mișa, e cu totul incredibil că ai reușit să descoperi toate acestea.

– Vreau să termin povestea înainte de a ateriza la Șeremetievo. Dacă ești foarte grăbită să ajungi la New York sau dacă din alte motive nu vrei să te oprești la Smolensk, nu-i nicio supărare: pot contramanda totul.

– Cum o să contramandezi? Bineînțeles că vreau să mă duc. Îmi închipui că vei veni și tu cu mine.

– Mi-ar plăcea, dar trebuie să mă opresc la Moscova. Cred că este preferabil să te duci singură la Smolensk. Nu trebuie să ai nicio grijă, totul este aranjat astfel încât să nu pierzi timp inutil pentru această vizită.

– Trebuie să recunosc că este o uriașă surpriză. Zău, nu știu cum să-ți mulțumesc.

– Voi fi mulțumit dacă îți va plăcea vizita și nu vei spune că te-am pus pe drumuri în mod inutil.

Avionul atinsese pista de aterizare și se apropiase puțin timp pentru un rămas-bun. Despina îl însoțise pe Mihail până la scara avionului și se uitase la el cum coborâse și îi mai făcea o dată semn cu mâna, înainte de a se urca în mașina care îl ducea până la terminal.

Peste jumătate de oră, în zbor spre Smolensk, Despina se gândea la „surpriza" lui Mihail. Abia în drum spre Irkutsk discutase despre Dietrich Totila. Ajunsese să-l cunoască suficient de bine pe Mihail, pentru a-și da seama că nu era vorba doar de o simplă vizită la un conac. Nu credea nicio clipă că Mihail coborâse din avion pentru că se grăbea să semneze o condică; putea prea ușor să explice că fusese nevoit să mai stea cu ea. Excursia la Samarkand nu mai apărea ca o simplă dorință de a-i arăta ceva din Asia Centrală, ci ca o necesitate de a mai câștiga timp pentru a desăvârși ce pusese la cale. Posibilitatea pe care i-o dăduse să refuze escala de la Smolensk fusese doar o formulă de politețe. Nu reușea să-și dea seama ce-i pregătise Mihail Golițîn. Avea să afle peste o oră.

Capitolul VII

Când a deschis ușa palatului Stoica, răspunzând la sonerie, Valeria rămas uimită să-l vadă pe Sig purtând în brațe o fetiță de cinci ani și având în spate, peste rucsac, un ursuleț imens. S-a ocupat întâi de Nadejda, care părea dezorientată și după ce s-a convins că fetița se liniștise și se simțea în largul ei, l-a chemat pe Grigore, ca să asculte amândoi ce avea Sig de povestit.

Valeria a decis că nici vorbă nu putea fi să plece imediat în Bosnia-Herțegovina. Trebuia să-i cumpere niște îmbrăcăminte potrivită, nu cea cumpărată la repezeală la Skiathos. De altfel, Sig își pierduse și el bagajele și avea nevoie de haine noi.

Peste două zile, dimineața, pe Valeria o aștepta o altă surpriză. De data aceasta era Erman; care a apărut și el cu o fată, cu deosebirea că avea mai mult de cinci ani. Erman și Carmen nu au avut timp să intre în detalii, povestind doar în linii mari ce pățiseră. Voiau să se ducă cât mai repede la consulatul american, să solicite eliberarea unor noi pașapoarte. Au fost însoțiți de Sig, al cărui pașaport arăta jalnic, după ce fusese cufundat în Marea Egee. Plecând de la consulat, Erman s-a dus la agenția Eurocar, să explice că avea un automobil, închiriat la Vaslui, pe care fusese nevoit să îl abandoneze la Borsec, pentru că pierduse una din chei, pe când cealaltă rămăsese în mașină. Își dădea seama că agentul cu care discuta îl considera un mare imbecil, dar a reușit să-l convingă să încerce să recupereze bagajele și alte obiecte lăsate în automobil și să le aducă la București. După ce a dat câteva telefoane, agentul i-a facturat costul recuperării automobilului. În privința bagajelor, i-a promis că îi va telefona cum putea să intre în posesia lor, dacă fuseseră găsite.

De cum o văzuse, Carmen se atașase de Nadejda și a început să aibă grijă de ea, lăsând-o pe Valeria să se ocupe în primul rând de gospodărie; avea o femeie de serviciu; care o ajuta de obicei, însă pentru patru musafiri era nevoie de eforturi suplimentare. Grigore reușise să facă rost de un dicționar și un ghid de conversație sârbo-croat, care o ajutau pe Carmen să-i comunice Nadejdei mai mult decât putea face prin semne. Carmen a început să o învețe sistematic limba engleză: în loc de cuvinte izolate, a încercat să-i explice cum să conceapă propoziții simple. Carmen o punea pe Nadejda să-i traducă diferite fraze în limba sârbă și apoi, când făceau repetiții, fiecare din ele trebuia să spună frazele respective în limba celeilalte. Nadejda credea că este un joc și era încântată când ținea minte mai multe fraze decât Carmen și câștiga jocul.

Nadejda era intrigată de Erman și Sig; nu mai văzuse gemeni și uneori avea dificultăți în a-i distinge, deși nu erau identici. Ca să se distreze, uneori își schimbau hainele între ei, lăsând-o să le ghicească identitatea. Din cauza acestui joc, Nadejda ajunsese să devină confuză și să nu mai știe exact care din gemeni era în fața ei.

Totuși, acest răgaz era doar temporar și trebuia soluționată soarta Nadejdei. Carmen a fost categorică: era exclus să-l lase pe Sig să se ducă singur cu Nadejda în Bosnia-Herțegovina și singura soluție era să plece și ea. După cum era de așteptat, Erman a decis și el să facă parte din expediție. Organizarea călătoriei a generat ample discuții între Grigore, Valeria, Erman, Sig și Carmen. Știau că tatăl Nadejdei era avocat în Republica Srpska. Aceasta nu însemna neapărat că lucra în capitală, existând probabil multe alte orașe unde își putea exercita activitatea. Toată lumea era de acord că trebuiau să înceapă investigațiile la Banja Luka. Deoarece nu existau zboruri directe de la București spre Bosnia-Herțegovina, au preferat să meargă cu mașina; soluția era recomandabilă, deoarece nimeni nu era sigur unde îi va duce căutarea tatălui fetiței. Sig s-a dus singur la agenția Hertz să închirieze un SUV; lui Erman îi era teamă că nu va putea obține o mașină după tot ce i se întâmplase în România. Frații Totila erau de părere să meargă fără oprire până la Banja Luka, luând alternativ volanul. Carmen s-a opus cu vehemență: Nadejda trebuia să se odihnească pe drum. În cele din urmă au pornit spre Banja Luka, oprindu-se pe drum la Sofia și Belgrad. În timpul călătoriei, Carmen așezată lângă Nadejda, continua jocul prin care o învăța limba engleză.

La Banja Luka s-au instalat la Hotelul Courtyard-Marriott, iar a doua zi, Sig și Erman s-au dus la stația de poliție să încerce să-l caute pe tatăl Nadejdei. Rezultatul a fost descurajator; la poliție nimeni nu știa englezește și singurul ofițer care știa câteva cuvinte a înțeles că pierduseră o fetiță numită Nadejda, pe care o căutau. Era absolut necesar să găsească un traducător. Recepționerul hotelului le-a sugerat să se ducă la Gimnaziul Banja Luka unde, dacă aveau noroc și nu era plecată în concediu, puteau să o găsească pe profesoara de engleză. Au reușit să o găsească pe Ljudmila Pavlović, care a fost dispusă să-i ajute; salariile profesorilor erau mici și profesoara era mulțumită de un prilej să mai câștige niște bani. Întorcându-se la stația de poliție, Ljudmila a reușit să lămurească neînțelegerea, însă șeful poliției nu le-a dar multe speranțe: era aproape imposibil să găsească o rudă a unei fetițe de cinci ani, despre care nu se știa nimic altceva decât că se numea Nadejda. În Republica Srpska nu existau agenții de detectivi particulari care eventual să poată ajuta. Sfătuindu-se seara cum să procedeze mai departe, Carmen le-a sugerat să se ducă la baroul avocaților; deoarece se plictisise stând singură, doar cu Nadejda, a decis să îi însoțească a doua zi pe cei doi frați. Șeful baroului i-a primit politicos. Fiind un avocat mai în vârstă, nu știa aproape nimic despre familiile avocaților tineri, cum era probabil tatăl unei fetițe de 5 ani. Le-a promis să întrebe alți membri ai baroului și, dacă afla ceva, să le comunice rezultatul la hotel. Nu exista însă nicio certitudine că tatăl Nadejdei lucra la Banja Luka. Erman a sugerat să se ducă la serviciul stării civile și să consulte registrul nașterilor cu cinci ani în urmă. Nu știa cât de răspândit era numele de Nadejda, dar, statistic, în oraș nu puteau să se fi născut peste 4.000 de copii, din care vreo 2.000 erau fetițe, din care doar o parte purtau acest nume. Mergeau cu mașina spre primărie, când deodată Nadejda a început să se agite și să arate către un anumit bloc. Sig a oprit imediat mașina și Ljudmila a tradus că fetița le arăta casa în care locuia. Vecini au recunoscut-o pe Nadejda și au putut să le spună că părinții ei erau Drago și Svetlana Blagoiević, arătându-le apartamentul, care era încuiat. Slobodan, tatăl lui Drago, era un militar cunoscut, care stătea la Bratunac, un oraș din estul țării, la frontiera cu Serbia. Erman s-a întors la poliție, explicând că descoperiseră identitatea părinților Nadejdei; șeful poliției a refuzat să permită unui lăcătuș să descuie ușa apartamentului, fără un ordin al judecătoriei.

Grupul a plecat de la Banja Luka în dimineața zilei următoare; deoarece nu se puteau descurca singuri, au rugat-o pe Ljudmila Pavlović să-i însoțească. Șoseaua, bună și neaglomerată, traversa dealurile de la piciorul Alpilor Dinarici. Cea mai mare parte a șoselei trecea prin păduri, unde din loc în loc își găsiseră loc sate firave și îmbătrânite. La Karakaj au ajuns în valea Drinei de unde, șoseaua urma cursul râului până la Bratunac, unde s-au oprit puțin după ora 12. Bratunac era un orășel cu circa 8.000 locuitori, majoritatea clădirilor fiind case mici.

Temându-se că vor pierde mult timp cu investigațiile, s-au oprit la un restaurant să mănânce. Au întrebat ospătarul cum puteau găsi postul local de poliție; ușor îngrijorat, acesta a căutat să afle ce treabă avea un grup de străini la poliția din Bratunac și a reacționat imediat:

– Colonelul Blagoiević? E un erou național. Pentru asta nu e nevoie să mergeți la poliției. Tot orașul știe unde locuiește.

Urmând indicațiile ospătarului au ajuns pe strada Kravicika, oprindu-se în fața unei case fără etaj, cu un acoperiș de țiglă. În jur era o grădină bine îngrijită, împrejmuită cu un gard de lemn de mică înălțime. Au intrat și au bătut la ușă. Le-a deschis un bărbat de vreo 60 de ani, înalt și bine făcut. Înainte ca cineva să poată scoate un cuvânt, Nadejda s-a zvârlit în brațele bărbatului și l-a sărutat:

– Bunicule, ce bine că te văd. Toată lumea este foarte drăguță cu mine, dar sunt fericită că văd și pe cineva cunoscut.

– Ce se întâmplă? Unde sunt Drago și Svetlana?

– Bunicule, mama și cu tata s-au dus la Doamne-Doamne. Sunt acolo și construiesc o casă, nu prea mare, în care o să stăm cu toții, când ajungem și noi lângă ei.

Slobodan Blagoiević i-a poftit în casă, și, continuând să o țină în brațe pe Nadejda a cerut lămuriri. Ljudmila nu intenționase să-i spună colonelului atât de brusc că fiul și nora sa muriseră, însă nimeni nu se aștepta la reacția Nadejdei. Slobodan era vizibil afectat de vestea tragică; a reușit să-și stăpânească emoția și a rugat vizitatorii să explice exact ce se întâmplase. Deoarece învățase limba engleză în armată, Sig, care a putut să descrie, fără a avea nevoie de un translator, accidentul de la Skiathos și concursul de împrejurări datorită căruia Nadejda fusese salvată de la înec. Colonelul a ascultat relatarea lui Sig, fără a întrerupe și fără a pune întrebări. Părea incapabil să spună o vorbă, distrus de dispariția fiului său. Carmen, și-a dat seama de durerea lui Slobodan și, pentru a trece peste acest moment dificil, a început să explice cum ea și frații Totila o îngrijiseră pe Nadejda și după multe investigații reușiseră să identifice un membru al familiei fetiței. Deoarece Slobodan cunoștea fără îndoială toată familia, Carmen spera că știa cine din familie putea să se ocupe de Nadejda, acum că rămăsese orfană. Bătrânul colonel a oftat:

– Din nenorocire, eu sunt singurul membru al familiei care mai este în viață. Am avut un război foarte crud în Bosnia-Herțegovina, unde, din nenorocire, au fost pierdute multe vieți nevinovate.

– Domnule colonel, știm foarte puțin despre acest război, în afară de ceea ce am aflat la Banja Luka. Nu vrem să fim indiscreți, însă, dacă nu este cu supărare, v-am ruga să ne spuneți mai multe.

Slobodan Blagoievič a luat-o pe Nadejda de pe genunchi și a dus-o la o ladă de zestre care era lângă un perete, deschizând-o. Fetița știa că era locul în care se păstrau păpușile și jucăriile ei și a venit imediat bucurându-se că, în sfârșit, se apropia de ceva cunoscut, dintr-o lume a ei care dispăruse. Slobodan i-a spus să se joace liniștită, promițându-i că o va duce la cofetărie mai târziu. Apoi s-a întors la vizitatorii săi:

– Nadejda este o fetiță foarte inteligentă și uneori este surprinzător ce înțelege din ce se vorbește în jurul ei. De aceea prefer să nu fie de față și să audă ce vă spun.

Carmen, Erman și Sig au ascultat relatarea lui Slobodan Blagoievič, fără să-l întrerupă cu întrebări, intervenind doar din când în când cu scurte remarci, menite doar să arate că îl urmăreau cu atenție.

– Vă spun pe scurt povestea tragică a familiei noastre. Înainte de destrămarea Iugoslaviei, o duceam destul de bine. Ajunsesem locotenent-colonel fiind postat la Sarajevo. Soția mea, Milena, nu lucra și se ocupa de creșterea copiilor noștri, Drago și Bojana. După ce Bosnia-Herțegovina și-a declarat independența, am trecut la armata Republicii Srpska, cu gradul de colonel, fiind numit comandant al brigăzii de infanterie Zvornik, din corpul de armată Drina. Sarajevo nu mai era un loc sigur și de aceea mi-am mutat familia la Bratunac, unde mă născusem. Speram că era situat într-o zonă ferită de musulmani, sau bosniaci cum le place să-și spună. Un fost coleg de școală, Dušan Subotić, profesor de matematică la liceul din Bratunac, ne-a oferit să ne adăpostească până la terminarea ostilităților, care nu ar fi trebuit să dureze prea mult. Dušan era înstărit și avea o casă mare; în plus avea și o casă de vacanță la Bjelovac, pe malul Drinei, zestre a soției sale Ivana. Soții Subotić aveau și ei doi copii, Miloš și Svetlana.

– Într-adevăr, Bratunac pare un orășel liniștit, situat într-o zonă montană, la frontiera cu Serbia. Nu putea fi locul unor importante operații militare.

– Asta credeam și eu, însă Impresia că familia era în siguranța s-a dovedit a fi o iluzie. În zorii zilei de 14 decembrie 1992, forțele armate musulmane din Srebrenica, au atacat Bjelovac și alte sate învecinate de pe malul Drinei, începutul unei serii de încercări de exterminare a populației sârbe și de curățire etnică a zonei. Din nefericire, Dušan plecase cu toată familia sa să petreacă weekendul în casa lor de vacanță; rămăsese acasă doar mama lui, care era bătrână și nu voia să facă excursii în timpul iernii. Luni dimineața, familia Subotić își strângea lucrurile și se pregătea să se întoarcă la Bratunac, când a avut loc atacul. Auzind focurile de armă, o parte din locuitorii satului au încercat să respingă atacul. Dušan s-a alăturat acestui grup, îndemnându-și soția să ia copiii și să traverseze Drina cu o barcă, refugiindu-se în Serbia. Pe malul râului se postaseră musulmani înarmați și trăgeau în micul grup de săteni, care încerca să scape astfel de măcel. Ivana și Miloš au fost uciși de rafala de gloanțe, iar Svetlana a fost luată prizonieră. Între timp, trupele musulmane continuau să se lupte cu sătenii care se împotriveau, Dušan fiind și el răpus. La sfârșitul ostilităților, musulmanii au prădat ce se putea și după aceea au dat foc tuturor caselor din sat. Bărbații au fost toți omorâți; femeile care scăpaseră cu viață, printre care și Svetlana, care abia împlinise zece ani, au fost duse într-un lagăr, la Srebrenica, unde au fost chinuite și violate. Peste două luni a avut loc un schimb de captivi, și Svetlana s-a întors la Bratunac unde bunica ei s-a ocupat de ea, până la măritișul ei.

– Este groaznic ceea ce s-a întâmplat.

– În restul țării luptele cu musulmanii continuau cu intensitate și nu am putut veni la Bratunac să petrec sărbătorile cu Milena și copiii. De aceea, Milena s-a decis să plece la 6 ianuarie[34] la părinții el, care stăteau la Kravica, un sat din împrejurimi. Cu două zile înainte, Drago a contractat o răceala severă, iar mama lui Dušan, la care stătea, s-a declarat dispusă să-l îngrijească; era încă afectată de decesul lui Dušan și era fericită să nu rămână singură de Crăciun. Milena a plecat la Kravica doar cu fiica mea Bojana. Acest concurs de împrejurări i-a salvat viața lui Drago pentru că, în ziua de Crăciun, bandele criminale musulmane au atacat Kravica și câteva sate învecinate, exact în momentul în care sătenii ieșeau de la biserică. Iarna 1992/93 a fost o iarnă grea, cu multă zăpadă, astfel încât puțini localnici au reușit să fugă. Bărbații din sat au fost omorâți. Femeile au avut o soartă și mai cumplită. Au fost violate, torturate și abuzate timp de două zile, până când, în cele din urmă, musulmanii s-au retras, lăsându-le cadavrele în curți, după ce, ca și în alte locuri, au jefuit ce se putea jefui, dând apoi foc tuturor caselor.

– Ce criminali! Asta nu mai e război, e un masacru.

---

[34] Biserica ortodoxă sârbă respectă calendarul iulian.

– Satul a rămas înghețat și lipsit de suflare, timp de două luni, până când ofensiva trupelor Republicii Srpska a reușit să ocupe din nou satul. Conduceam una din primele unități care au ajuns la Kravica și am descoperit urmele masacrului care avusese loc. Nu știu dacă poate fi ceva mai groaznic decât să ajungi într-o localitate și să descoperi corpurile mutilate ale soției și fiicei tale aruncate în zăpadă. Auzisem despre atrocitățile comise de musulmani, dar este cu totul altceva când vezi cu ochii ce s-a întâmplat ființelor care îți sunt cele mai dragi de pe lume. Aveam cu noi un medic specialist, care a făcut necropsiile cadavrelor găsite, pentru a documenta crimele împotriva populației civile. Am fost silit să citesc rapoartele respective care descriau în detaliu chinurile la care fuseseră supuse.

– Tot războiul civil a fost o succesiune de asemenea atrocități?

– Ca să vă dați seama de amploarea crimelor, pot să vă spun că, în perioada 1992-1995, au fost omorâți peste 3.600 de sârbi doar în localitățile din raza orașului Bratunac. Multe sate au fost rase de pe fața pământului de flăcări. Aceste crime au fost, fără îndoială, facilitate de armata bosniacă, dar au fost comise de mii de musulmani civili din zona Srebrenica, care au omorât toți bărbații pe care i-au prins, au maltratat femeile cât au putut și au jefuit plecând cu tot ce puteau căra.

– Și ce s-a întâmplat cu Drago?

– Deoarece eram pe front, mama lui Dušan s-a ocupat și de creșterea fiului meu Drago, pe lângă nepoata ei Svetlana, până a terminat liceul și s-a înscris la Facultatea de Drept din Banja Luka.

– Războiul din Bosnia s-a terminat de peste 20 de ani. Îmi închipui că după încheierea păcii ați reușit, fără să uitați trecutul, să trăiți liniștit cu fiul dumneavoastră, care și-a întemeiat o nouă familie.

– După război, am lucrat la statul major al Republicii Srpska până în august 2001, când am fost arestat, fiind acuzat de circul acela pseudo-juridic, numit pompos „Tribunalul Penal Internațional pentru fosta Iugoslavie", de crime împotriva umanității și alte crime de război. În 2005, în urma unui rechizitoriu al Carlei Del Ponte[35], mizerabila aceea, din vorba căreia tribunalul nu îndrăznea să iasă, am fost condamnat la 18 ani de închisoare pentru genocid. În 2007, curtea de apel a anulat condamnarea pentru genocid, găsindu-mă vinovat doar de crime de război și reducându-mi sentința la 15 ani. În sfârșit, după ce mi-am ispășit două treimi din pedeapsă într-o închisoare din Norvegia, în 2012, am fost eliberat. Între timp, Drago și Svetlana se căsătoriseră și Nadejda se născuse.

– S-a vorbit foarte mult despre bosniacii uciși de armata sârbă la Srebrenica.

– Să vă spun exact adevărul. Ostilitățile au continuat până în 1995, când generalul Ratko Mladić a decis atacarea localității Srebrenica, declarată „zonă de securitate" de Națiunile Unite. Nu vreau să vă plictisesc cu toată istoria războiului în estul Bosniei, însă trebuie să vă fac anumite precizări. Gândiți-vă că au fost două localități care fuseseră declarate zone protejate: Srebrenica și Zepa. Am participat la eliberarea amândurora. La Žepa, protejată de un contingent ucrainean, condus de Mykola Verkhohlyad, acesta a negociat cu generalul Mladić, și a asigurat evacuarea tuturor civililor musulmani din Žepa, fără să fie înregistrat un singur deces. Orașul Srebrenica era protejat de un contingent olandez, comandat de colonelul Thom Karremans. Acesta s-a întâlnit cu același general Mladić, cu care s-a fotografiat pe când beau împreună câteva pahare de rachiu, rugându-l să nu

[35] Carla del Ponte – juristă elvețiană, procuror al Tribunalului Penal Internațional pentru fosta Iugoslavie (1999-2007).

atingă soldații olandezi. Este cunoscut dialogul în care acesta spunea: „nu mă ucide, eu sunt doar pianistul", la care Mladić i-a răspuns disprețuitor „ești un pianist foarte prost." Mulțumit că a scăpat cu viață, Karremans n-a mai pus nicio condiție cu privire la evacuarea civililor din localitate. Numai din această comparație, chiar găsiți că întâmplările de la Srebrenica sunt doar vina sârbilor? Recunosc că au fost omorâți mai mulți musulmani la Srebrenica. Nu i-am omorât eu, vă asigur însă că dacă i-aș fi văzut pe subordonații mei făcând-o, nu le-aș fi dat ordin să se oprească. Poate că nu toți, dar mulți dintre ei participaseră la raidurile din zona Bratunac. Când mă uitam la ei, nu vedeam decât cadavrele Ivamei și Bojanei, torturate ore în șir înainte de ultima lor suflare. Alții dintre ei își bătuseră joc, necontenit, timp de două luni, de Svetlana, nora mea, când era o fetiță de zece ani. Printre ei erau și cei care îi omorâseră pe Ivana, pe Bojana, pe Milena, pe Dušan, pe Miloš și pe mulți alții. Mi-am ispășit pedeapsa așa că îmi pot permite să o spun cu voce tare: majoritatea nu erau biete victime nevinovate; erau niște criminali și nu-mi pare rău că au pierit.

– Nu au fost judecați și cei din partea musulmană care au comis aceste crime?

– Toate procesele faimosului Trlbunal Internațional au fost un simulacru de justiție. Mulți militari sârbi au fost condamnați pentru genocid de niște judecători analfabeți. O serie de instituții internaționale, printre care Centrul Simon Wiesenthal, au arătat că genocidul este definit ca o încercare de a elimina o națiune. Deoarece forțele armate sârbe au crutat femeile și copiii, separându-le de bărbații apți de serviciu militar, în cazul Bosniei-Herțegovinei nu poate fi vorba de genocid; cu toate acestea, am fost condamnat pentru această crimă inexistentă. În schimb, Naser Orić, comandantul trupelor musulmane care a ordonat operațiile în care, pe lângă

Ivana și Bojana, au omorât, fără discriminare, peste 3.000 civili sârbi, a fost considerat nevinovat de tribunal.

– De ce a fost exonerat?

– Justificarea dată de tribunal a fost că Orić nu avea control efectiv asupra subordonaților săi și a grupurilor de civili înarmați care îi însoțeau. Argumentul era absurd, avea exact atât control cât aveam și eu asupra ostașilor care îmi erau subordonați, dar asta nu interesa tribunalul. Deosebirea consta în faptul că el era musulman și trebuia iertat, pe când eu eram sârb și trebuiam pedepsit. Această părtinire o aveau toate părțile care s-au prefăcut că investighează ce s-a întâmplat aici. Autoritățile olandeze au considerat că colonelul Karremans nu avea nicio răspundere pentru ceea ce s-a întâmplat la Srebrenica, deoarece, fiind preocupat de un dificil proces de divorț, nu s-a putut concentra pentru a analiza corect situația. L-au și decorat, în 2006, pentru curajul de care a dat dovadă în timpul evenimentelor de la Srebrenica. Ce să-i faci? Așa se scrie istoria! Cred că v-am spus destule și este mai bine să nu continui; altfel pot să vă fac capul calendar cu inechitățile justiției internaționale. Hai mai bine să mergem la cofetărie, să-i dau Nadejdei prăjitura pe care i-am promis-o.

Vizitatorii își dădeau seama că resentimentele colonelului erau amplificate de vestea accidentului de la Skiathos, care se suprapunea peste atâtea alte nenorociri. Slobodan s-a mai calmat pe drumul până la cofetărie. Pe când cu toții mâncau prăjituri, discuția continua. Carmen, care era cea mai preocupată de soarta fetiței, a început să se intereseze de intențiile lui Slobodan.

– Având în vedere ceea ce ne-ați spus, ce se întâmplă acum cu Nadejda?

– Evident, mă voi ocupa de ea. Am pensia mea din armata Republicii Srpska, care nu mi-a fost tăiată. Îmi dau seama că nu voi putea să o îngrijesc singur, dar voi angaja o femeie din oraș care să aibă grijă de ea; sunt multe femei care și-au pierdut familia în timpul războiului și care au dificultăți materiale. Singura rugăminte este să aveți bunăvoința să vă ocupați de ea în seara aceasta, astfel încât să am ziua de mâine să găsesc persoana potrivită.

– Nu ar fi același lucru cu a avea o mamă care să o crească.

– Îmi dau seama de asta. Îi voi acorda toată dragostea pe care am arătat-o copiilor mei, care nu mai sunt printre noi. Nimic nu poate înlocui afecțiunea unei mame.

– Domnule colonel, dați-mi voie să vă fac o propunere. În cele două săptămâni de când m-am ocupat de Nadejda, m-am atașat foarte mult de ea. Puteți să-mi obiectați că este o perioadă foarte scurtă, dar știu perfect ce sentimente am. V-aș sugera să-mi dați voie să o adopt. Aș lua-o cu mine în America și m-aș ocupa de ea, ca o mamă, chiar dacă aș fi doar o mamă adoptivă.

– Nadejda este singura persoană care mai este în viață din toată familia mea. Îmi cereți să mă despart de ea.

– Nu vă cer nimic. Mi-am permis doar să vă fac o propunere.

– M-ați luat cu totul prin surprindere. Sunt încă afectat de vestea morții lui Drago și a Svetlanei. Nu cred că pot să vă răspund, trebuie să mă gândesc. Îmi dau seama că ar fi o ocazie deosebită pentru Nadejda să poată merge în America. Aici nu are practic nicio șansă de a avea altceva decât o viață banală. În plus, așa cum merg lucrurile în țara asta, nu este exclus un nou conflict între Federația Bosniei-Herțegovinei și Republica Srpska. După tot ce s-a întâmplat în familia noastră, aș vrea să fie ferită de alte dureri. Pe de altă parte, fiind tot ce mi-a mai rămas din familie, mi se rupe sufletul să mă despart cu totul de ea.

– Am veni să vă vizităm periodic, ceea ce nu ar fi foarte diferit, dacă ar fi la Banja Luka. Ați fi binevenit să veniți să o vedeți oricând doriți.

– Mulțumesc pentru buna intenție. Nu resping oferta, vă cer doar un scurt răgaz, ca să fiu sigur că nu voi lua o decizie pe care să o regret ulterior.

Seara, Nadejda s-a culcat în dormitorul pe care îl cunoștea de când venea cu părinții ei la Bratunac. Carmen și Erman au fost găzduiți în camera liberă din casa colonelului Blagoiević, iar pentru Sig și Ljudmila au fost găsite camere la vecini. Pe când se dezbrăcau, Erman a luat-o pe Carmen la întrebări:

– Ce ți-a venit, Carmen? Vrei să adopți o fetiță? Ești încă studentă, urmezi facultatea la New York, unde ești singură. Cine se va ocupa de fetiță?

– Nu ți-am cerut nimic. Nu trebuie să ai nicio grijă, familia Sheridan are bani destui ca să-mi permit să o cresc pe Nadejda. Gândește-te și tu. Colonelul Blagoiević este un om care probabil a trecut de 60 de ani. Sunt convinsă că se va ocupa de ea cu toată grija. Dar, dacă i se întâmplă ceva, Nadejda nu mai are pe nimeni și ar ajunge într-un orfelinat. Ai auzit câte lucruri groaznice s-au petrecut aici.

– Nu vorbeam de bani. Dacă n-ai avea, pot să contribui și eu. Mă refeream la timpul necesar pentru a crește un copil.

– Nu-ți face griji, găsesc eu o soluție.

A doua zi, pe când Nadejda rămăsese acasă cu bunicul ei, Carmen, Erman și Sig, însoțiți de Ljudmila au plecat cu mașina pe drumul care mergea în amonte pe malul sârbesc al râului, până la Banjska Stena pe masivul Azbukovica, de unde aveau o vedere magnifică a cheilor Drinei cuprinse între două șiruri de munți împăduriți.

Rămas singur cu Nadejda, Slobodan Blagoiević a lăsat-o să se joace în grădină, cum o făcea de câte ori venea cu părinții ei să-l viziteze. A observat că fetița se oprea adeseori, rămânând visătoare pe când privea strada, stând rezemată de gard. Stând pe o bancă în fața casei, Slobodan a luat-o pe genunchi și a mângâiat-o pe păr:

– Ce-i, Nadejda? Ce te frământă?

– Data trecută când am fost aici, eram cu mama și cu tata. Acum m-au lăsat și s-au dus la Doamne-Doamne. Mi-e dor de ei.

– Asta nu se poate îndrepta. O să am eu grijă de tine.

– Știu. Cel mai greu a fost că nu am putut povesti nimănui ce mi s-a întâmplat. Eram într-o apă mare, mare, și era întuneric în jur. Pe urmă m-a luat Sig și am stat cu el și prietenii lui multă vreme în apă, până când am ajuns la mal. Îmi era foarte frig.

– Ți-au salvat viața, Nadejda.

– Nu voiam să mă plâng. Toată lumea s-a purtat cu foarte multă grijă de mine. Dar îmi era greu: nu puteam vorbi cu nimeni, fiindcă nimeni nu mă înțelegea și nici eu nu priceam ce mi se spune. Totul a început să se schimbe după ce a venit Carmen, care a încercat să mă învețe să vorbesc limba ei. Acum am început să înțeleg ce-mi spune și pot și eu să-i spun câte ceva.

– Îți place Carmen? Ți-ar plăcea să fie Carmen cea care te îngrijește?

– Aș vrea să mă îngrijească mama. Dar știu că nu se poate.

– Știu, fetița mea. Nu pot să îndrept asta.

– Dacă nu poate să vină mama, da, mi-ar plăcea să aibă Carmen grijă de mine. Celorlalți care m-au văzut le-a fost milă de mine; Carmen este singura care mi-a arătat că îi sunt dragă și care a încercat să mă înțeleagă.

– Bine, fetițo. Nu-ți mai frământa căpșorul atât, joacă-te mai departe și lasă-mă să mă uit la tine.

Carmen și ceilalți s-au întors seara și au plecat cu Slobodan Blagoiević și Nadejda la restaurant. După ce au culcat-o pe Nadejda, pe când se așezaseră să bea un pahar de Dunjevača, colonelul le-a dat răspunsul la propunerea lui Carmen din ajun.

– Am stat toată ziua să cumpănesc avantajele și dezavantajele propunerii dumneavoastră. Cred că, pentru viitorul Nadejdei, este preferabilă plecarea ei într-o lume nouă. Aici, chiar dacă nu a trăit în perioada când s-au petrecut toate nenorocirile pe care vi le-am relatat aseară, când va crește mai mare, va afla inevitabil despre ele și nălucile trecutului o vor urmări toată viața. Chiar dacă mi se rupe sufletul să mă despart de ea, îmi dau seama că ar fi egoist dacă i-aș refuza șansa unei vieți mai bune. De aceea, sunt de acord să o adoptați și vă mulțumesc că acceptați să rămân în contact cu ea și să o revăd din când în când.

– Domnule colonel, îmi pare extrem de bine că mi-ați acceptat propunerea. Nu-mi dau seama cum trebuie să procedăm mai departe. Probabil că trebuie făcute anumite forme, însă nu am nici cea mai mică idee despre legislația din Bosnia-Herțegovina. Știu doar că, în multe țări, adopția durează foarte mult și nu aș dori ca, în cazul nostru, un proces îndelungat să o traumatizeze mai mult pe Nadejda.

– Îmi închipui că va trebui o hotărâre judecătorească. Fiind vorba despre o adopție internațională, va trebui să mergem la Sarajevo sau la Banja Luka. Am un prieten foarte bun, Radomir Jovanović, care este avocat. L-a ajutat pe Drago, care și-a făcut ucenicia ani de zile în biroul de avocatură al lui Radomir, înainte de a lucra pe cont propriu. Am copilărit împreună și sunt convins că ne va ajuta.

– Puteți să ne dați adresa lui la Banja Luka și, eventual, să-i dați un telefon.

– Nu cred că ar fi suficient. Trebuie să mă duc și eu acolo și să semnez documentele că sunt de acord cu adopția.

A doua zi, au plecat cu toții spre Banja Luka, ajungând după-masa și ducându-se direct la biroul de avocatură al lui Radomir Jovanović. Secretara le-a spus că avocatul era foarte ocupat și le oferea să fixeze o întâlnire peste o săptămână. Tocmai în acel moment, Radomir a deschis ușa biroului și zărindu-l pe Slobodan Blagoiević, s-a repezit la el, luându-l în brațe:

– Slobo, ce plăcere să te văd. Hai să-mi povestești ce te-a făcut să ieși din cuibul tău de la Bratunac.

– Radek, am venit cu treburi. Am nevoie de ajutorul tău.

Avocatul Jovanović i-a poftit pe toți în birou, iar Blagoiević i-a explicat motivul pentru care venise. La sfârșit, avocatul l-a întrebat cine erau părinții care voiau să o adopte pe Nadejda, iar colonelul a arătat spre canapeaua pe care erau așezați Carmen, Erman și Sig. Avocatul a sărit în sus:

– Slobo, îmi pare foarte rău, dar legislația din Bosnia-Herțegovina nu acceptă poligamia, cu atât mai puțin poliandria, chiar dacă este vorba despre părinți adoptivi.

Carmen a intervenit imediat:

– Eu sunt persoana care o adoptă pe Nadejda.

– Bine, dumneavoastră vreți să fiți mama adoptivă. Trebuie să existe și un tată. Legea permite doar adopțiile făcute de doi părinți.

A fost rândul lui Erman să participe și el în discuție:

– Eu vreau să fiu tatăl adoptiv.

– Perfect. Ca să întocmesc documentele de care are nevoie tribunalul, îmi vor trebui certificatele dumneavoastră de naștere și certificatul de căsătorie.

A urmat o clipă de liniște. Erman s-a uitat fix la Carmen, dând foarte puțin din cap spre partea dreaptă. Carmen i-a făcut cu ochiul, apoi amândoi i-au spus în cor lui Jovanović:

– Vă aducem mâine certificatul de căsătorie.

Capitolul VIII

Boeingul Totila ajunsese la capătul pistei de aterizare și se îndreptase spre terminalul aeroportului din Smolensk. Despina se pregătea să coboare, când o limuzină s-a oprit la capătul scării; șoferul a deschis ușa, pentru ca Despina să se poată urca, întrebând-o:

– Kniajina Totila?

Despina a răspuns afirmativ și s-a instalat pe bancheta din spate, după care șoferul a pornit mașina imediat. Despina voia să înțeleagă ce se petrecea și unde se duceau, însă șoferul știa doar câteva fraze englezești și ceea ce spunea în rusește era ininteligibil. I-a explicat laconic:

– Merg Sîr-Lipki. Douăzeci minute.

De fapt nici nu rostise douăzeci, arătându-i numărul cu degetele de la mână. Despina se întreba dacă nu se lansase imprudent într-o situație periculoasă, deși nu vedea de ce Mihail Golițîn ar fi făcut-o. După ce au traversat orașul Smolensk, automobilul și-a continuat drumul spre nord. Neavând posibilitatea de a comunica altfel cu Despina, șoferul îi spunea numele localităților prin care treceau. Despina înțelegea că șoferul voia să-i explice unde se duceau, ceea ce era inutil, din moment ce nici nu avea o hartă, nici nu cunoștea zona prin care treceau. Terenul din jur nu era accidentat și era acoperit în cea mai mare parte de păduri dese. După ce au intrat în satul Viazghinon, mașina a părăsit șoseaua și a luat-o la dreapta pe un drum neasfaltat. Mașina a trecut peste râul Jerezper, a intrat pe o alee străjuită de șiruri de tei și apoi s-a oprit în fața unei clădiri cu un etaj, pe fațada căreia erau patru pilaștri toscani. În cele două capete ale fațadei erau uși; mașina abia se oprise, când, pe ușa din dreapta, au ieșit doi bărbați. Șoferul s-a dat jos și a deschis ușa limuzinei, pentru ca Despina să coboare:

– Bine ați venit la Sîr-Lipki. Poftiți pe aici, vă rog. Dați-mi voie să mă prezint. Sunt avocatul Sergei Ivanovici Kuraghin și acesta este Vasili Ilici Kaminski, președintele sovietului comunei Viazghinon.

– Mulțumesc. Poate puteți să-mi spuneți și de ce am fost adusă aici.

– Credeam că știți, dar pot să vă lămuresc. Unde preferați să stăm de vorbă? Putem merge înăuntru la birou. Totuși, cu vremea asta splendidă, putem discuta și afară.

Despina și-a adus aminte că prima ei convorbire cu Mihail începuse la fel. Trăind într-o țară cu un climat mai dur, rușii încercau probabil să profite cât mai mult de zilele frumoase de vară. Despina și-a exprimat preferința de a sta afară și avocatul a condus-o într-un chioșc acoperit, unde erau instalate două bănci și o masă centrală.

– Principesă, am solicitat prezența dumneavoastră ca să semnați actele de luare în posesie. Puteau fi semnate și de un împuternicit al dumneavoastră; din păcate, după informațiile care mi-au fost date, nu aveți un reprezentant legal în Rusia. De aceea am sugerat ca, în drumul dumneavoastră spre occident, să vă opriți la Smolensk să le semnați.

– Ce să iau în posesie?

– Castelul Totilla, pe care îl vedeți, și parcul din jur, pe care le-ați achiziționat. Înțeleg că ați vrut să recuperați posesiile care, îmi închipui, erau proprietatea unui strămoș al dumneavoastră înainte de revoluție.

– Știu că străbunicul meu Athalaric Totila avea o moșie la Smolensk...

– Exact. Acesta este castelul lui. Mai rămâne doar să semnați procesul-verbal de luare în posesie de la fostul proprietar, comuna Viazghinon, reprezentată de Vasili Ilici. Restul actelor sunt în regulă și, după ce îl semnați, mă ocup eu de înregistrarea tuturor documentelor.

Despina nu știa cum să reacționeze. Nu avea nici cea mai mică îndoială că Mihail Golițîn era în spatele acestei așa-zise achiziții. Nu credea că Mihail pusese la cale cine știe ce escrocherie, deși i se cerea să semneze niște documente în limba rusă, pe care nu le putea citi sau înțelege. Chiar și așa, se afla într-o situație cu totul imposibilă. Nu putea să refuze să semneze niște acte de luare în posesie a unui castel, afirmând că, după ce venise până aici, nu știa că îl cumpărase. Dar nici nu putea lua în posesie o asemenea proprietate, fără să știe cum fusese achiziționată. L-a rugat pe avocat să-i dea voie să dea un telefon urgent și i-a telefonat lui Mihail. La telefonul mobil a primit un mesaj în limba rusă, pe care nu l-a înțeles. La Institutul de Economie Mondială și Relații Internaționale a răspuns o secretară, care vorbea limba engleză și a putut să-i spună că Mihail Nikolaevici plecase la Sankt Petersburg într-o misiune specială, pregătind o vizită a președintelui Putin. Neavând cu cine să se mai sfătuiască, Despina a preferat să accepte să ia în posesie castelul, în loc să se facă de râs.

– Voi semna procesul-verbal. Din moment ce sunt aici, poate puteți să-mi spuneți ceva despre istoria castelului. M-ar interesa să și văd castelul pe care l-am achiziționat, înainte de a semna documentele.

– Castelul a fost construit în anii 1820 de un anumit Gheorghi Minailovici. Tihanovski și este considerat un model al arhitecturii clasice rusești pentru proprietățile rurale ale aristocrației. Aproximativ 20 de ani mai târziu, a fost achiziționat de principele Sighismund Torismundovici Totila, care imigrase în Rusia în perioada războaielor napoleoniene. Cunoscut sub numele de castelul

Totila, a rămas în posesia familiei până la Revoluția din Octombrie, când a fost naționalizat și a fost utilizat până în prezent pentru școala din localitate.

– Nu vreau să iau în posesie castelul și să las copiii din localitate fără școală.

– Nu vă faceți griji. O clădire construită acum 200 de ani nu este foarte potrivită pentru o școală modernă. Timp de zeci de ani consiliul comunal a încercat să obțină fonduri pentru construcția unei școli noi. Anul trecut s-a obținut, în sfârșit, finanțarea și construcția a fost terminată cu o lună în urmă.

Președintele sovietului comunal a apreciat că era momentul să intervină:

– Deoarece anul școlar s-a încheiat doar de două săptămâni, nu am reușit să mutăm încă mobilierul sălilor de clasă în noua clădire. De altfel, nu ne dădeam seama că se va găsi atât de repede un cumpărător pentru castel. Vă asigur că vom face toate diligențele pentru a elibera clădirea în cel mai scurt posibil.

– Cu toate că nu am vizitat încă clădirea, îmi închipui că mobilierul este și el destul de învechit.

– Aveți dreptate; pe lângă mobilier, am avea nevoie și de dotări pentru laboratoare, indispensabile pentru școala secundară, de calculatoare și de diferite materiale didactice. Noua clădire permite instalarea lor, însă, pentru moment, nu avem fondurile necesare. De aceea, sovietul comunal a aprobat vânzarea castelului, ceea ce ne va permite să facem achiziția.

– Mai stăm de vorbă despre asta. Acum aș vrea să vizitez castelul.

Condusă de cei doi interlocutori, Despina a făcut întâi ocolul clădirii. Pe fațada principală și cea opusă, erau rânduri de 8 ferestre. În partea centrală se construise un rezalit acoperit de un fronton; pe fațada secundară, care avea o vedere spre râu, era un mic balcon cu o balustradă de fier forjat. A găsit frapant faptul că ferestrele diferitelor fațade aveau forme diferite: toate cele de pe fațada principală erau dreptunghiulare, pe când cele de la parterul fațadei secundare erau arcuite. Decorațiile ferestrelor celor patru fațade erau diferite.

În timpul vizitei, Despina se frământa, întrebându-se ce putea să facă cu un conac din Rusia, situat la 30 km nord de Smolensk. Poate că totul era un subterfugiu al lui Mihail ca să-i rezolve problema sancțiunilor. Guvernul american putea recomanda propriilor cetățeni să evite vizitarea anumitor țări, considerate nesigure, însă nu avea autoritatea de a le interzice călătoria în orice țară de pe glob aveau chef și nici de a-și stabili domiciliul în țara respectivă. Sancțiunile se aplicau companiilor, nu cetățenilor individuali. Astfel, dacă Statele Unite aplicau sancțiuni Rusiei cu privire la importul de produse petroliere, aceasta nu împiedica un turist american să umple rezervorul unui automobil cu care se plimba prin Moscova, sau chiar Smolensk. De asemenea, guvernul american nu-i putea interzice să cumpere un apartament sau chiar un castel în străinătate, cu atât mai mult dacă își stabilea domiciliul acolo. Despina nu știa cât de viabilă era soluția, însă nu era dispusă să o adopte fără să consulte consilierii juridici ai concernului Totila.

Mulțumită de faptul că descoperise secretul intrării în posesia castelului, Despina a vizitat interiorul. Mobilierul, specific unei școli, era mai delabrat decât se așteptase. Camerele aveau însă sobe de teracotă smălțuită cu ușițe din fontă cu modele de troici trase de cai în goană sau alte scene ale vieții la țară în timpul iernii. Scara principală mai avea balustrada originală și stucatura de pe tavane se păstrase. Întreaga clădire era în relativ bună stare, deși avea nevoie de o renovare substanțială pentru a-i reda strălucirea pe care o avusese odinioară. Bineînțeles că trebuia mobilată în mod corespunzător, de alegerea căreia să se ocupe un arhitect decorator. La sfârșitul turului au ajuns într-o încăpere, care fusese cancelaria școlii; pe masa din mijlocul camerei erau pregătite dosare cu documentele pe care trebuiau semnate. Pe când Despina le parcurgea, ascultând distrată explicațiile avocatului, încerca să continue conversația cu președintele sovietului comunal.

– Mă surprinde că ați păstrat sobele atâta vreme.

– Ce era să facem? Sobele sunt esențiale, pentru iernile de aici. Și lemnele sunt cel mai ieftin mod de încălzire. Oricum, din lipsă de fonduri, nu aveam alternativă. În noua clădire avem o centrală termică.

Despina terminase de semnat procesele-verbale și era pe punctul de a se scula când avocatul a mai ridicat o problemă:

– Principesă, pot să mă ocup de aducerea lor la îndeplinire, însă trebuie să-mi dați dispoziții cum doriți să fie asigurată paza castelului și a parcului. Nu este recomandabil să le lăsați nepăzite: Se pot oricând găsi răufăcători care să găsească ceva interesant în clădire sau să taie câțiva copaci din parc.

– Aveți dreptate. Ce aș putea să fac?

– Părerea mea este să încheiați un contract cu sovietul comunal, care are un serviciu de pază pentru bunurile comunale și care s-a ocupat până în prezent de siguranța școli. Dacă nu aveți, pentru moment, altă utilizare pentru clădirile anexă, de lângă intrarea în parc, puteți să o puneți la dispoziție pentru locuința unuia din paznici.

Vasili Kaminski s-a declarat de acord și avocatul a început să redacteze contractul. Despina tot nu era edificată asupra modului în care fusese achiziționat castelul; îi era teamă că prețul acestuia fusese redus, prin diferite artificii financiare, și, drept consecință, sovietul comunal nu mai dispunea de fondurile pentru toate dotările de care aveau nevoie elevii. Pe când avocatul era ocupat, ea a continuat discuția cu președintele Kaminski:

– Chiar dacă castelul a fost naționalizat de statul rus pe vremea lui Lenin, nu pot să învinovățesc comuna

Viazghinon pentru expropriere. Nu am nicio îndoială că aveți numeroase alte necesități, pentru care nu aveți fondurile necesare. De aceea, vă rog să întocmiți specificațiile mobilierului, echipamentului și materialelor didactice de care aveți nevoie și să le transmiteți reprezentantului meu de la Moscova. Știu cât de laborioase sunt procedurile de achiziții ale oricărei instituții publice și, de aceea, mă îndoiesc că, altfel, le-ați putea obține înainte de începerea viitorului an școlar.

Despina făcuse propunerea pentru a evita ca banii pe care îi dona să fie gestionați de sovietul comunal. Nu avea motive deosebite de a-l bănui, dar cunoștea destul de multe cazuri în care o parte substanțială a fondurilor alocate ajungeau să fie însușite de cei care se ocupau de achiziții. Kaminski a mulțumit foarte respectuos.

Între timp, avocatul terminase redactarea contractului. Despina i-a telefonat lui Igor Zolotuhin să-i ceară ajutorul. Igor era un salariat al trustului Totila și Despina nu-i putea cere să se ocupe de problemele ei personale, însă putea să-l roage să-i găsească o persoană de încredere, care să preia această sarcină. Igor a acceptat însărcinarea, solicitând doar câteva informații, ca să se lămurească de ce anume trebuia să se ocupe. Neavând motive de a mai întârzia la Sîr-Lipki, Despina s-a urcat iar în automobilul care o adusese; peste trei sferturi de oră decola spre Valencia, unde voia să-i ceară avizul Andrei asupra rezultatelor călătoriei în Rusia, înainte de a se întoarce la New York să-și ia iar în primire atribuțiile de conducător al întreprinderilor Totila.

*

* *

Anunțată de sosirea Despinei la aeroportul Manises, Andra coborâse în curtea castelului să o aștepte. Mașina s-a oprit în fața corpului central al castelului și Despina a coborât îmbrăcată în șuba pe care o cumpărase la Dudinka. După ce a îmbrățișat-o, Andra s-a mai uitat odată la îmbrăcămintea ciudată a Despinei:

– Bine ai venit la Valencia. Ce este acest palton pe care îl porți?

– Este o șubă din piele de ren pe care o poartă femeile nenețe care trăiesc undeva prin nordul Siberiei. Nu-i așa că e amuzantă?

– Sunt sigură că vei face furori cu ea la New York. Dar ce idee să te îmbraci aici, în miezul verii, cu o șubă siberiană! Ai vrut să mă epatezi?

– Nu, dar altfel nu aveam loc pentru celelalte bagaje. O scot când ajungem sus.

Despina a dat dispoziție personalului de serviciu să-i aducă bagajele în salon de unde le va duce ea singură în camera ei. Credea că îl va vedea pe Al în salon, însă se înșelase:

– Unde e tata, să-i spun că am sosit?

– Azi, tata se simțea mai rău ca de obicei. Sora i-a dat niște calmante, care l-au ajutat și a reușit să adoarmă. Îl vei săruta mâine dimineață.

– Nu s-a mai ameliorat deloc starea sa?

– Din contră. Ieri a venit doctorul să-l vadă și, după ce l-a consultat, mi-a spus că a intrat în faza finală. Va mai rezista câteva luni, însă va avea nevoie de medicație pentru ca să poată suporta durerile. Din păcate, sunt mai frecvente momentele în care își pierde memoria. Îți vei da seama mâine, când îl vezi. Pentru moment, stai aici și povestește-mi mai multe despre călătoria ta.

Despina a deschis una din valize din care a scos câteva cadouri pe care i le adusese de la Moscova, Nijni Novgorod și Samarkand. Andra le-a admirat și a îmbrățișat-o iar.

– Acum spune-mi ce ai reușit să faci în Rusia.

– Îți spun imediat tot ce am făcut. Acum sunt însă confuză și nu știu cum să reacționez.

Despina s-a dus la bagajele ei unde a deschis o geantă mare de îmbrăcăminte din care a scos un mantou de blană pe care l-a arătat Andrei.

– E splendidă. Merita să-ți faci și tu un chef când în când; veșnic cu munca, nu te ocupi destul de persoana ta. Arată a samur. Probabil că Siberia este locul cel mai bun ca să-ți cumperi o blană. Chiar la blănarii de lux din New York ai avea dificultăți să găsești un mantou ca acesta. S-o porți sănătoasă!

– Într-adevăr, e samur de Barguzin. Problema este că nu am cumpărat-o.

– Ce-i aia că nu ai cumpărat-o? Doar n-ai furat-o!

– Vreau să spun că nici măcar nu știam că o am. Asistenta de zbor mi-a dat-o când am coborât din avion și se descărcau toate bagajele din avion.

– Și cum a ajuns în avion?

– A fost încărcată în avion înainte de a decola din Irkuțk. Fusese pusă în cala de bagaje și, din moment ce n-am cerut-o, echipajul a descărcat-o abia când am ajuns la Valencia.

– Trebuie să ai o explicație.

– Există o singură explicație. Văzusem blana cu o zi înainte, când mă plimbam cu Mișa prin Irkuțk. El e singura persoană de pe lume care putea să o cumpere și să dea dispoziții să mi se încarce în avion.

– Atunci ai explicația. Nu mai e nici un mister.

– Nu mi-a spus nimic despre ea. Așa cum nu mi-a spus de ce mă sfătuia să mă opresc la Smolensk.

– În fond, de ce te-ai oprit pe drum? Când mi-ai telefonat de la Samarkand, nu ai pomenit nimic despre Smolensk.

– Pentru că nu știam nimic. La întoarcerea din Samarkand, înainte de a coborî din avion, ne-am luat rămas-bun și Mișa mi-a spus că mi-a pregătit o surpriză la Smolensk. Apoi, mi-a spus că spera să ne revedem și a coborât. Eu mi-am continuat zborul și m-am oprit la

Smolensk, unde îmi închipuiam că Mișa aranjase să pot vizita castelul pe care îl avea familia Totila, înainte de Revoluția din Octombrie. Este adevărat, am fost dusă la castel, doar că am fost primită de un avocat, care mi-a spus că îl cumpărasem și nu-mi rămânea decât să semnez luarea în posesie. Nu știu cine l-a cumpărat, însă nu putea să fie decât Mișa. Chiar dacă a făcut-o, din moment ce a fost tot timpul cu mine după ce am părăsit Moscova, a trebuit să fi avut oameni care să încheie tranzacția într-un timp atât de scurt.

– Poate că toate astea au fost făcute de guvernul rus și Mișa nu a fost decât unul din agenții care s-au ocupat de achizițiile respective.

– M-am gândit la asta, dar pare cu totul neverosimil. Nu se fac asemenea cadouri, decât dacă au început negocierile pentru o investiție foarte importantă și nici atunci. O simplă vizită la Norilsk, fără măcar a se sugera în ce consta participarea concernului Totila, este insuficientă pentru o asemenea „atenție". Admit că există stimulente care sunt trecute sub tăcere, dar nici nu pot fi făcute în mod opac, fără ca beneficiarul să intuiască de unde provin. Am stat de vorbă cu prim-ministrul și sunt absolut sigură că nu este vorba de guvernul rus.

– Atunci spune-mi cine este acest Mișa de care tot vorbești.

– Este un cercetător al unui *think-tank* al Federației Ruse. Îl cheamă Mihail Golițîn. Străbunicul lui a luptat împreună cu străbunicul meu în trupele anti-bolșevice în timpul războiului civil din Rusia. Dar asta s-a întâmplat acum 100 de ani.

– Vrei să spui că face parte din fosta aristocrație rusă.

– Da, mi-a spus că este principe Golițîn și că familia lui se trage dintr-un mare duce al Lituaniei din secolul XIII. Ce importanță are? În Rusia titlurile sunt și mai puțin utilizate decât în occident.

Andra a început să râdă.

– Titlurile nu au importanță, însă sângele apă nu se face. Aristocrații ruși, în special cei din familiile princiare, erau cunoscuți pentru aplombul lor. Tocmai pentru că în Rusia nu au rămas mulți aristocrați, în momentul în care te-a cunoscut, Mihail a găsit nimerit să reia obiceiurile de odinioară ale familiei sale. Și acesta era probabil unul din modurile de a face curte unei femei: să-i faci cadouri cu care să o seduci.

– Mamă, este vorba despre un castel și o blană de samur, care probabil că la New York costă în jur de 200.000 dolari. Chiar pentru un aristocrat rus este un mod cu totul exagerat de a face curte unei femei, pe care o vedea doar zece zile din viață.

– De aceea, cred că Mihail voia să nu fie vorba doar de zece zile, ci despre mai mult, anume despre o cerere în căsătorie.

– Chiar așa. Dacă ceri pe cineva în căsătorie îi dai un inel, nu un castel sau un mantou de blană.

– Poate că vremurile de azi au schimbat oamenii mai mult decât îmi dau seama. O voi recunoaște doar după ce te uiți în buzunarele mantoului...

Despina s-a repezit la mantou și într-unul din buzunare a găsit o cutie mică din piele albastră, pe care a deschis-o. În interior era un inel pe care era montat un briliant.

– Cum ai știut, mamă?

– Pentru că facem parte dintr-o lume care dispare. Recunosc că, în ceea ce mă privește, am ajuns în ea din întâmplare, totuși, acum, fac și eu parte din ea. Trebuie să trăim în noua lume care ne înconjoară, dar asta nu înseamnă că suntem siliți să ne integrăm în ea. Nu putem să ne opunem evoluției; nu putem să împiedicăm nici dispariția lumii noastre, nici dezvoltarea lumii noi. Ceea ce putem face este să ne păstrăm convingerea că suntem diferiți, nu neapărat superiori, dar diferiți.

– Și eu ce trebuie să fac acum?

– Întrebarea corectă este ce vrei să faci acum? De fapt, Mihail Golițîn este cel care ți-a pus-o și ți-a dat și timpul să te mai gândești, dacă nu cunoști încă răspunsul.

– Și dacă cunosc răspunsul, fără să mai am nevoie de timp de gândire? Trebuie să-i dau și un cadou echivalent?

– Cred că un telefon ajunge.

Despina s-a repezit la telefon, dar s-a oprit înainte de a forma numărul:

– Cât o fi ceasul la Moscova?

– Există momente în viață, când nu te deranjează faptul că cineva te scoală din somn în toiul nopții.

La capătul celălalt al telefonului a răspuns o voce somnoroasă:

– Alo!

– Mișa, îți telefonez fiindcă ți-am înțeles mesajul. Răspunsul este da.

– Despina, stai puțin să mă trezesc, să fiu sigur că nu visez.

– Nu visezi. Eu sunt o proastă, că nu mi-am dat seama ce vrei să-mi spui, însă ai făcut-o într-un mod atât de sofisticat.

– Ai fi preferat un banal: vrei să te măriți cu mine?

– Partea importantă este întrebarea, chiar dacă recunosc că modul în care ai făcut-o are mult farmec. Dar ce se întâmpla dacă puneam blana în dulap, fără să caut în buzunare.

– Era un risc pe care trebuia să-l iau. Și dacă nu o făceai acum, o făceai la iarnă, când puneai blana.

– La New York iernile nu sunt foarte geroase.

– Acum ce faci, Despina? Îți pare rău că ai spus da?

– Am spus da cu toată convingerea. Sunt însă îngrozită de câte lucruri se puteau întâmpla, ca să pierd ocazia de a-ți da răspunsul.

– Mâine dimineață o să încerc să vorbesc cu Kirill.

– Cine mai e și Kirill?

– Este patriarhul Moscovei și al întregii Rusii. Trebuie să aflu care este data cea mai apropiată când poate să ne cunune.

– Mișa, eu sunt catolică.

– Bine, vorbește cu Papa de la Roma și vezi când e el disponibil. Îl alegem pe cel care poate să ne cunune mai repede.

– Hai să nu tergiversăm. Mă mulțumesc cu patriarhul întregii Rusii.

– Trebuie să alegem și nașii. Ca să nu mai avem controverse, decide tu dacă îl preferi pe Dmitri Medvedev sau Donald Trump.

– Mișa, nu poți să cobori ștacheta puțin. Chiar trebuie totul făcut la cel mai înalt nivel?

– Nu-i atât de înalt. Dacă vrei neapărat o nuntă la mare înălțime, aș putea să încerc să-i fac pe cei de la cosmodromul Baikonur să ne trimită la stația cosmică.

– Mișa, fii serios pentru o clipă și limitează totul la o ceremonie terestră. Te las acum să dormi și mai stăm de vorbă mâine, când ți-a trecut euforia.

Andra a urmărit conversația Despinei cu Mihail. Chiar dacă nu auzise replicile viitorului ei ginere, putea înțelege că discuțiile mergeau pe calea cea bună. Despina a pus jos receptorul și a comentat:

– Mișa e un om excepțional însă are un cusur: nu cunoaște limite. Vrea ca totul să fie la superlativul absolut.

– Trebuie să-l înțelegi. Foarte mulți membri ai familiei sale au pierit în timpul bolșevicilor, din simplul motiv că făceau parte dintr-o familie princiară. După câte mi-ai spus este singurul urmaș care a supraviețuit. Acum, în mod neașteptat, s-a ivit prilejul ca un principe Golițîn să se însoare cu o principesă Totila. Pentru el este un basm care se transformă într-o realitate feerică, este o plăsmuire a imaginii unei societăți pe care nu a cunoscut-o decât în vise.

– E foarte bine, dar nu se poate baza o căsnicie pe un vis.

– Și pentru mine, căsătoria cu Al a fost un vis. Niciun vis nu este veșnic. Toți ne trezim, poate chiar mai devreme decât am dori-o. Totuși aceste vise ne rămân în memorie pentru totdeauna.

– Mamă, l-am auzit pe Mișa. E complet dezlănțuit.

– N-am nicio grijă. Vei găsi mijloacele de a-l aduce la realitate.

Capitolul IX

Terminând formalitățile de adopție, Carmen, Erman, Sig și Nadejda au plecat din Banja Luka spre Valencia. După 40 kilometri au ajuns la Gradiška, unde au trecut, fără nici un impediment, postul de frontieră al Bosniei-Herțegovinei. După ce au trecut râul Sava și au intrat pe teritoriul Croației, la Stara Gradiška, au întâmpinat o dificultate neprevăzută. În momentul în care i-au arătat grănicerului pașapoartele, acesta s-a uitat atent la ele, apoi, în loc să pună ștampila de intrare pe pașapoarte, i-a rugat să coboare din mașină și să vină până la postul de frontieră, unde au rămas să aștepte aproape zece minute. Grănicerul s-a întors însoțit de doi polițiști, întrebând care dintre ei era Sigeric Totila. După ce Sig s-a identificat, grănicerul le-a înmânat celorlalți pașapoartele, spunându-le că sunt liberi să-și continue călătoria, pe când unul din polițiști i-a spus lui Sig că este arestat.

– Mă arestați? Pentru ce? Nu am făcut nimic, este prima dată în viața mea când pun piciorul în Croația.

– Nu este vorba de Croația. Împotriva dumneavoastră a fost emis de Interpol un mandat internațional de arestare.

– Bine, dar pentru ce?

– Asta va trebui să o lămuriți cu organele de justiție din Zagreb. Noi știm doar că, la cererea poliției din Grecia, a fost emis un mandat internațional de arestare pe numele Sigeric Totila.

– Din Grecia? De unde până unde? Era cât pe ce să mor înecat și tot eu sunt cel care sunt urmărit de poliție?

– Este inutil să vă opuneți. Noi nu facem decât să executăm ordinele. Vă vom duce imediat până la Zagreb, unde vă veți putea lămuri asupra motivelor arestării.

Erman a intervenit declarând că vor merge cu toții la Zagreb să lămurească situația. Părerea lui Sig era că, deoarece o confuzie de nume era practic imposibilă, elucidarea cazului putea să nu fie chiar atât de simplă. De aceea, i-a îndemnat pe Erman să plece spre Valencia și să caute, prin intermediul concernului Totila, un avocat în Croația.

Unul din ofițerii de poliție i-a pus cătușe lui Sig și apoi l-a condus până la mașina cu care l-a dus până la inspectoratul de poliție din Zagreb, unde a fost închis într-una din celulele arestului. Sig se aștepta să fie interogat imediat, dar a fost ținut până seara, fără să se întâmple nimic. Când l-a întrebat pe polițistul care i-a adus ceva de mâncare când va putea sta de vorbă cu cineva, acesta i-a spus, într-o engleză rudimentară, că va fi dus la procuror când acesta va avea timp. A doua zi, spre prânz, a fost scos din celulă și dus până la procuratură, unde a intrat în biroul unui procuror supraponderal și chel, purtând niște ochelari cu o ramă groasă. După ce Sig s-a așezat pe un scaun în fața lui, procurorul s-a uitat la pașaportul și celelalte acte ale lui Sig, care îi fuseseră înmânate de polițist, apoi a stat să se uite câteva minute într-un dosar, întrebându-l:

– Sigeric Totila?

– Da.

– Ești aici în urma unui mandat internațional de arestare emis de poliția din Atena.

– Am aflat. Vreau să știu care este acuzația care mi se aduce.

– Nu te preface că nu știi: traficul de carne vie.

– Trafic de carne vie? Domnule procuror, am fost până de curând ofițer în armata Statelor Unite ale Americii.

– Probabil că ai părăsit armata pentru o activitate mai lucrativă. Vrei să negi că ai fost acum o lună în Grecia? Vrei să negi că ai părăsit Atena cu o fetiță de cinci ani care a dispărut?

– E adevărat că am părăsit Grecia cu o fetiță din Bosnia-Herțegovina ai cărei părinți muriseră într-un teribil accident. Fetița, pe care o cheamă Nadejda, nu a dispărut deloc. Rămăsese orfană și a fost adoptată de fratele meu.

– Ascultă, Sigeric Totila. Sunt un procuror cu prea multă experiență ca să nu știu că unul din procedeele clasice ale traficanților de a-și trece marfa peste frontiere sunt diferite acte fictive de adopție. În documentele pe care le-am primit de la Interpol scrie că ai plecat cu o fetiță, ca să o duci la rudele ei, nu ca să o adopți.

– Când am ajuns în Bosnia-Herțegovina, am aflat că singura ei rudă era bunicul ei, un colonel Slobodan Blagoiević care locuia în Bratunac. Era prea bătrân ca să mai crească o fetiță de cinci ani și și-a dat acordul pentru adopție.

– Războaiele iugoslave au fost o nenorocire în timpul căreia numeroase ființe nevinovate și-au pierdut viața. Este o nerușinare să profiți de această nenorocire ca să-ți justifici nelegiuirile. Ai noroc că sunt jurist și, de aceea, sunt silit să-ți dau dreptul să te aperi. Mai dă-mi o dată informațiile despre acest bunic al fetei pe care ai răpit-o din Grecia.

Lui Sig îi displăcea tonul procurorului, însă nu-i dădea mâna să-l repeadă. După ce a obținut toate datele cerute, procurorul a strigat după polițistul care îl adusese pe Sig și aștepta după ușă. Acesta i-a pus cătușele lui Sig, ducându-l din nou la arestul poliției, unde a rămas timp de două zile. Nu-l vedea decât pe polițistul care îi aducea de mâncare și care îi răspundea totdeauna că trebuia să aștepte să fie chemat de procuror. Același răspuns l-a primit și când a cerut să i se acorde asistența de la consulatul american. În sfârșit, a treia zi, a fost iar escortat de un polițist până la procuror care i-a comunicat concluziile anchetei:

– Sigeric Totila, am primit raportul poliției din Bratunac. Există un colonel Slobodan Blagoiević, dar poliția nu avea nicio informație că i-ar fi murit fiul, care era avocat în altă localitate. În orice caz, nimeni din poliția locală nu l-a văzut recent cu o fetiță. Colonelul este plecat din localitate. Deoarece nu am găsit nicio informație dezincriminatorie, nu-mi rămâne altă soluție decât să recomand extrădarea ta în Grecia, unde vei suferi rigorile legii. Decizia cu privire la extrădare este de competența tribunalului din Zagreb.

– Îmi închipui că am dreptul să contest extrădarea și să beneficiez de serviciile unui avocat.

– Bineînțeles. Croația este un stat de drept. Dacă nu poți să-ți angajezi unul, vei putea avea unul din oficiu.

– Mulțumesc. Aș prefera să mi-l angajez singur. Am doar nevoie de telefonul meu ca să pot să-l contactez.

Procurorul s-a dus la un fișet din spatele său de unde a scos o pungă în care era telefonul mobil, portofelul și actele lui Sig, dându-i telefonul:

– Ai dreptul la o singură convorbire. Și nu te lungi la vorbă.

Sig a reușit să-l contacteze pe Erman, spunându-i doar că avea nevoie de avocat. Aflând că fratele său reușise să găsească unul, a cerut coordonatele acestuia, pe care le-a comunicat procurorului care a comentat:

– Chiar așa? Văd că nu te încurci cu jumătăți de măsură. Bine, îl voi contacta. Va fi o plăcere să am un oponent de înaltă calitate în fața curții.

Procurorul a luat telefonul pe care l-a pus în punga cu restul actelor lui Sig și apoi a strigat după polițistul care îl adusese pe Sig. Acesta nu a răspuns și, după ce a mai strigat o dată fără succes, procurorul s-a sculat să vadă ce se întâmplă. Polițistul nu era la ușă. Închipuindu-și că se dusese la toaletă, procurorul s-a îndreptat spre capătul culoarului, unde erau grupurile sanitare. S-a întâlnit cu un coleg, oprindu-se pentru a-l întreba cum se simțea nevasta acestuia după operație. După ce a ascultat toate detaliile perioadei postoperatorii, s-a interesat dacă nu-l văzuse pe polițist. A aflat că la ieșirea din spate erau doi polițiști care se duseseră să fumeze, deoarece fumatul era interzis în interiorul procuraturii. Mergând greoi, a coborât două etaje pe scara secundară de la capătul culoarului și l-a găsit pe polițistul căutat stând la taclale cu alt coleg. Nefiind în stare să urce pe jos două etaje, procurorul a mers pe culoarul de la parter până la intrarea principală, lângă care erau lifturile. Când s-a reîntors în biroul său, însoțit de polițist, Sig dispăruse.

Din timpul primei sale vizite la procuratură, Sig știa că polițistul ar fi trebuit să fie în fața ușii procurorului. Dacă nu răspunsese la apel și procurorul fusese nevoit să se scoale și să iasă din birou, Sig beneficia de câteva clipe în care nu mai era supravegheat, de care putea profita încercând să evadeze. Fără a sta pe gânduri, a apucat geanta cu actele sale și a deschis prudent ușa. Pe culoar circula mai multă lume; aproape de sfârșitul culoarului l-a văzut pe procuror, stând de vorbă cu o altă persoană. Spre norocul lui, era la capătul opus ascensoarelor, astfel încât a putut să se strecoare până la acestea. Ca să poată ieși fără a fi oprit, s-a apropiat de un grup de patru persoane, care ieșeau din clădire, ca și cum ar fi făcut parte din acesta, precauție care s-a dovedit inutilă, deoarece nu era nimeni la ieșire care să controleze.

Ajuns în fața procuraturii, nu știa încotro să meargă, aflându-se într-un oraș necunoscut. Era însă limpede că trebuia să se depărteze cât mai mult de sediul procuraturii. Pentru a fi mai greu de reperat de eventualii săi urmăritori, a urmat un traseu în zigzag, luând-o spre stânga la prima intersecție și apoi spre dreapta la cea următoare. Trecând pe lângă un bancomat, s-a oprit să încerce să scoată bani și a fost fericit să constate că funcționa cu cărți de credit VISA. Cu 2000 de kuna în buzunar, se simțea mai sigur că evadarea putea să-i reușească. Ajunsese destul de departe când a început să audă sirenele mașinilor de poliție. Puteau exista o multitudine de motive pentru care se deplasau și oricum erau destul de departe, însă Sig nu voia să ia riscuri inutile. Ca să nu stea pe străzi, a intrat într-o librărie, considerând că era mai probabil ca poliția să-l caute în localuri decât în librării. Pe lângă standurile cu noutăți, librăria avea în partea din spate rafturi în care erau păstrate apariții mai vechi. Acestea îi dădeau posibilitatea de a nu fi văzut de la intrare, iar pe de altă parte, răsfoind diferite cărți, să nu atragă suspiciunea vânzătorilor. Când a apreciat că nu mai era într-un pericol iminent, a cumpărat un plan al orașului Zagreb și o hartă a Croației.

O primă etapă trebuia să o constituie ieșirea din Zagreb. Cel mai sigur itinerar i s-a părut să treacă râul Sava. Ajungând la podul Adriatic s-a lovit de un nou impediment. Deși avea alei pietonale, lungimea podului, de peste 300 m, îl făcea vizibil de la depărtare pentru prea mult timp. Pentru a evita să fie reperat, a luat un tramvai cu care a mers până la Centrul Arena. Ajuns la șoseaua care ieșea din Zagreb în lungul râului Sava, Sig a decis că ajunsese suficient de departe de centrul orașului, pentru a putea încerca să-și continue drumul făcând apel la un autostop. A găsit un loc în care putea fi văzut de pe șosea, făcând semn automobiliștilor să oprească. Deși nu era o circulație foarte intensă, erau multe mașini care trecuseră pe lângă Sig fără măcar să încetinească. Peste un sfert de oră, Sig era pe punctul să abandoneze ideea autostopului, când o mașină s-a oprit în dreptul său. Deschizând ușa automobilului, Sig a văzut că era condus de o fată tânără, având în jur de douăzeci de ani, care era singurul ocupant al mașinii. Sig s-a urcat în mașină spunând în limba engleză:

– Mulțumesc că ați oprit. Îmi pare rău dar, fiind american, nu vorbesc limba croată.

Fata de la volan a replicat tot în engleză, deși avea un accent pe care Sig l-a considerat italian:

– Uf! Eram îngrozită că erai de la poliția croată.

– Dacă ți-era teamă, de ce ai oprit?

– Pentru că, știind unde eram, ar fi anunțat alte posturi de poliție și aș fi fost oprită din nou, peste câțiva kilometri.

– Nu vreau să fiu indiscret, dar nu-mi vine să cred că situația este atât de gravă.

– Ba este! Am furat automobilul ăsta.

– L-ai furat? De ce? Unde voiai să te duci atât de grabnic, încât să furi un automobil?

– Cred că aș face mai bine să-ți spun ce s-a întâmplat. Sunt complet zăpăcită și nu știu ce trebuie să fac ca să ies din încurcătură. Nu știu nici eu unde să mă duc. Poate poți să mă ajuți, măcar cu un sfat.

– Aș face-o cu toată plăcerea, deși sunt nevoit să-ți spun că și eu fug de poliția croată.

– Splendid! Suntem amândoi în aceeași găleată. Înseamnă că niciunul din noi nu are vreo șansă de scăpare.

– Din contră. Avem amândoi interesul să ne ajutăm reciproc. Spune-mi întâi cum te cheamă.

– Bianca Lucchetti.

– Eu sunt Sig Totila. Uite ce e, Bianca: primul lucru pe care trebuie să-l faci este să scapi de automobilul pe care l-ai furat. Există pe toate șoselele camere de supraveghere și automobilul poate fi ușor identificat după plăcile de înmatriculare.

– Simplu de spus. Ce să fac dacă las automobilul aici? Nu am decât 10 kuna în poșetă.

– Iată, ne apropiem de o localitate mai mare. Lăsăm mașina pe o stradă lăturalnică, unde va fi mai greu detectată de poliție. Pe urmă, mergem la o cafenea să discutăm situația și să vedem ce este de făcut.

Ajunși la Karlovac, Bianca a ieșit de pe șosea și, urmând indicațiile lui Sig, a găsit o stradă secundară, unde a parcat mașina. Apoi Bianca și Sig au plecat pe jos să caute un local unde să poate decide cum trebuiau să procedeze mai departe. S-au așezat într-un birt, unde au putut să ia și o gustare. Sig a început conversația explicând situația sa, ceea ce putea să o determine și pe Bianca să spună de ce furase automobilul.

– Bianca, îți voi spune pe scurt povestea mea. Acum o lună, în Grecia, am salvat de la înec o fetiță, pe care am dus-o în Bosnia să-i caut rudele. Deoarece îi muriseră ambii părinți, a fost adoptată de fratele meu. Când treceam frontiera din Croația în Slovenia, am fost arestat, pentru că autoritățile din Grecia ignorau adopția și au considerat că mă ocupam cu traficul de copii, punându-mă sub urmărire.

– De ce n-ai adoptat-o tu?

– Eu nu eram însurat. Urma să fiu extrădat în Grecia, unde aș fi rămas arestat mai mult timp, până făceam dovada că fetița era teafără și nevătămată.

– Să-ți spun și eu povestea mea, care de fapt este mai lungă, dar vreau să mă limitez numai la partea mai recentă. Mă angajasem ca fată *au pair* la o familie din Zagreb, care avea o fetiță de vreo zece ani pe care trebuia să o învăț italiana. Bineînțeles că mai făceam diferite treburi în casă. După două săptămâni, într-o după-amiază, stăpâna casei a plecat cu fetița lăsându-mă singură cu bărbatul ei. Nu rămăsesem cu el decât puțină vreme, când bărbatul a venit la mine și mi-a spus că vrea să se culce cu mine. M-am împotrivit, dar era mult mai puternic decât mine și a reușit să-și facă mendrele. Ar fi trebuit să plec imediat.

– De ce n-ai făcut-o?

– Nu aveam nici bani, nici unde să mă duc. Peste zece zile povestea s-a repetat. Mi-am dat seama că stăpâna casei știa ce se întâmplă și pleca dinadins cu fata. De data aceasta am cedat, știind că era inutil să mă opun. Azi dimineață, femeia a plecat iar cu fata; după jumătate de oră au venit doi prieteni ai bărbatului. Am devenit bănuitoare și am întredeschis ușa de la bucătărie, să văd ce se întâmplă. Nu știu decât puține cuvinte croate, dar nu-mi trebuiau mai multe, gesturile lor fiind suficiente, ca să pricep că voiau să se distreze în grup cu mine. Mi-am apucat geanta și am ieșit în stradă, unde erau parcate automobilele celor doi prieteni. Unul dintre ei își uitase cheile în mașină; m-am urcat în ea și am plecat în trombă.

– Încotro voiai să mergi?

– Singurul lucru pe care îl știu este că voiam să scap de acolo. Nu am nicio destinație. De fapt, în situația în care sunt, pot să mă întreb de ce am plecat. În afară de a face trotuarul, tot nu am alt mod ca să-mi procur niște bani.

– Discutăm asta mai târziu. Uite ce îți propun, pentru moment. Nici unul dintre noi nu poate rămâne în Croația. Trebuie să plecăm în Slovenia.

– Ne vor opri la frontieră. Tu însuți ai spus că așa te-au arestat.

– Va trebui să o trecem ilegal.

– Cum crezi că pot să fac așa ceva? Te-aș încurca și pe tine și ne vor aresta pe amândoi.

– Te ajut eu. Și tu m-ai ajutat să ajung până aici. Ai fost singura persoană care a oprit mașina, când încercam să fug din Zagreb.

Sig a scos din buzunarul de la haină harta pe care o cumpărase la librăria din Zagreb și a analizat-o atent.

– Trebuie să căutăm un drum de minimă importanță, care traversează frontiera într-o zonă montană nu prea abruptă. Părăsim șoseaua înainte de postul de frontieră și găsim niște poteci prin pădure ca să trecem.

– Crezi că se poate?

– Nu avem altă alternativă.

– Fie! Dar cum vrei să ajungem până la frontieră?

– O să închiriez o mașină. Există un risc ca poliția să fi alertat agențiile de închiriat mașini. Cred totuși că, în primul rând, mă vor căuta la stația de cale ferată, la terminalele de autobuze și în alte locuri din Zagreb. Mă îndoiesc că un orășel cum este Karlovac este o prioritate pentru cei care mă caută. În orice caz, mă voi duce singur să iau mașina ca să nu ne prindă împreună, dacă mi se întâmplă ceva. Nu am mulți bani numerar la mine, dar îți pot lăsa 1000 de kuna ca să te descurci.

Sig s-a interesat la ospătar unde putea găsi o agenție pentru închirierea automobilelor. A lăsat-o pe Bianca la un colț de stradă, lângă agenție, unde a închiriat o camionetă, zicându-și că era mai puțin probabil ca poliția să caute niște fugari străini într-un autovehicul utilizat mai degrabă de localnici. Totul s-a petrecut fără dificultăți și, după un sfert de oră, Sig și Bianca își continuau drumul spre Rijeka. După ce au trecut de Delnice, au luat-o la dreapta, pe o șosea secundară, care mergea paralel cu frontiera sloveno-croată. S-au oprit într-o mică localitate numită Gerovo, ultima în care Sig identificase existența unui mic hotel, unde să stea peste noapte.

Hotelul Mjesto Gerovo, deși mic și fără pretenții, era curat. În restaurant erau doar câțiva clienți, probabil localnici, din moment ce se cunoșteau cu toții. Pe când erau la masă, Sig a căutat să afle mai multe despre Bianca:

– Să sperăm că mâine reușim să trecem frontiera spre Slovenia. Odată ajunși acolo, vom fi în Spațiul Schengen și vom putea trece liber celelalte frontiere. Vei putea să te întorci fără dificultăți în Italia.

– Sig, tocmai asta îți spun, de când ne-am întâlnit. Nu am unde să mă duc.

– Nu ești italiancă?
– Ba da. Dar am făcut o serie de prostii.
– Ce ai putut face atât de grav?
– E o poveste mai lungă. Părinții mei sunt comercianți și au un mic magazin la Trentinara, un orășel dintr-o zonă montană din Campania, la sud de Napoli. Familia este foarte conservatoare și m-a crescut foarte strict. M-au trimis la școala unor călugărițe catolice. După ce am trecut examenul de maturitate, m-am înscris la Departamentul de Medicină al Universității din Bologna. Educația mea strictă a avut rezultatul că nu eram pregătită pentru o viață independentă. Părinții mei mi-au dat o alocație, care mi-a permis să-mi închiriez o garsonieră și să-mi acopăr cheltuielile. Mă instalasem de câteva luni și începusem să urmez cursurile universității, când l-am întâlnit pe Ricardo. Era primul băiat care îmi făcea curte și, după scurt timp, m-am culcat cu el. După o lună, Ricardo mi-a explicat că are dificultăți financiare și m-a rugat să-i împrumut bani, promițând că mi-i va da înapoi cât de curând. Fără să-mi dau seama cum, am ajuns să fiu în urmă cu chiria cu patru luni și proprietarul m-a amenințat că mă dă afară, dacă nu-i plătesc imediat toată chiria restantă. Ar fi trebuit să-i spun tatei că eram în dificultate, dar știam că avea să fie supărat și îmi va cere să mă întorc la Trentinara, renunțând la studiile mele. Ricardo a repetat că îmi va înapoia foarte repede banii împrumutați; mi-a recomandat un prieten, care putea să-mi acorde un credit, ca să-mi potolesc proprietarul. Nu-mi trecea prin minte că, de fapt, discutam cu un reprezentant al mafiei, care m-a pus să semnez un contract pentru un împrumut cu o dobândă lunară de 30%. Acum știu că era o camătă, însă, neștiind absolut nimic despre tranzacții financiare, atunci credeam că mă obligam să restitui împrumutul în rate egale cu 30% din chiria lunară. Peste trei săptămâni Ricardo a dispărut. Acum o lună, am fost luată la rost de creditorul meu;

am aflat că interpretarea mea a dobânzii era incorectă și că împrumutul meu ajunsese la o valoare pe care nu aveam nici cea mai mică posibilitate să o plătesc. Creditorul mi-a răspuns că, în acest caz, mă lua în antrepriză și mă punea pe piață ca prostituată. Disperată, am dat telefon la Trentinara. Nu l-am auzit pe tata niciodată atât de furios. Mi-a spus că nu are nevoie de o curvă la casă. Dacă fusesem atât de imbecilă să-mi iau un amant, pe care să-l mai și plătesc, nu aveam decât să continui pe calea pe care mi-o alesesem. Mă gândeam să-mi iau o slujbă, dar creditorul mi-a dat să înțeleg că mafia avea legături întinse și, dacă nu mă supuneam, putea să mă găsească oriunde și să mă silească să-i fac pe plac. Un al doilea telefon acasă nu a avut nici un rezultat: tata mi-a spus sec să nu mă mai obosesc să-l sun. Nu avea nicio intenție să-și schimbe părerea; din punctul său de vedere, nu mai eram fiica lui. Neavând nici bani, nici unde să mă refugiez, am acceptat contractul *au pair* în Zagreb pe care l-am găsit pe internet. Știam că este o soluție provizorie și m-am gândit să emigrez în America. La consulatul american din Zagreb mi s-a spus că, dacă nu aveam rude apropiate care să mă sponsorizeze, șansele de a obține aprobarea erau nule. Continuarea o cunoști.

– Ce poveste teribilă. Să ne concentrăm pentru moment asupra primului pas, trecerea spre Slovenia. Odată ajunși acolo, vedem ce trebuie făcut mai departe.

Terminându-și masa, s-au urcat la etaj să se culce. Ajungând în fața camerei ei, Bianca s-a întors spre Sig.

– Știu ce aștepți de la mine. Te rog însă să mă ierți. Am avut o zi foarte dificilă. Nu sunt în stare de nimic și n-ai avea nicio plăcere.

– Bianca, nu ți-am cerut nimic. Cred că va trebui să înveți că există și bărbați care se gândesc la altceva decât a se culca cu orice femeie pe care o întâlnesc. Poate vei simți altceva peste câteva zile, poate că nu vei avea niciodată chef să mă ai în pat cu tine. Important este să te liniștești și să nu fii obsedată, să te gândești și la altceva. Mâine trebuie să fii în formă pentru cu totul altceva: să treci munții pe jos. Noapte bună și odihnește-te bine.

Sig a sărutat-o pe Bianca și apoi s-a retras în camera sa, însă nu s-a culcat. A stat cel puțin o oră studiind harta și ghidul pe care le avea, pentru a alege modul optim de a traversa frontiera. Deși părăsise armata, pentru el era tot un fel de operație militară.

A doua zi, înainte de plecare, Sig a mai făcut câteva cumpărături de la un magazin local. Se dusese fără mari speranțe, dar, aflându-se într-o zonă turistică, a reușit să cumpere o busolă turistică, similară cu cele militare cu care era obișnuit, un altimetru și o hartă a munților Gotenica, hartă care, spre deosebire de cea cumpărată la Zagreb, arăta potecile utilizate pentru turismul montan. Satisfăcut, a pornit la drum spre frontieră, explicându-i Biancăi ce trebuia să răspundă dacă erau interceptați de grăniceri. Aproape de ieșirea din Prezid, Sig a parcat mașina și, însoțit de Bianca, a început să urce, aproape pieptiș pe munți. Bianca crescuse și ea într-o zonă montană și reușea să-l urmeze. Deși, după socotelile lui Sig, nu aveau de urcat decât puțin peste 200 metri, urcușul direct prin pădure, fără a urma o potecă, era îngreunat de vegetație și de crengi căzute. Ajunși la cota pe care voia să o atingă, Sig a cotit-o spre nord-vest coborând lin prin pădure. Începuseră să se apropie de un drum forestier, pe care îl zăriseră prin frunziș, când au auzit o voce apostrofându-i; dintr-un tufiș au apărut trei grăniceri făcându-le semn să se oprească. Nici Sig, nici Bianca, nu erau capabili să distingă dacă grănicerii vorbeau slovena sau croata. Conform celor stabilite pe drum, Bianca a fost cea care a răspuns pe italienește:

– Nu înțeleg ce spui. Vorbești italiana?

Unul din grăniceri era fluent în italiană și a putut continua discuția pe care Sig, vorbind perfect spaniola, nu avea nicio greutate să o urmărească.

– Am fost până la Županov laz și ne-am rătăcit. Vrem să ajungem la Babno Polje.

– Ce-i aia că v-ați rătăcit? E un drum destul de larg până la Županov laz.

– Știm asta, e drumul pe care ne-am dus până acolo. Drumul are multe serpentine și credeam că este mai potrivit pentru biciclete. Am vrut să o luăm pe scurtătură.

– Trebuie să fiți mai precauți. Puteați să treceți din greșeală frontiera și să vă treziți în Croația. Să admitem că spuneți adevărul. Aveți niște acte de identitate la voi?

Bianca și-a scos pașaportul italian și Sig pe cel spaniol. Grănicerul s-a uitat la ele și le-a restituit comentând:

– Bine că ați fost prevăzători și ați luat pașapoartele cu voi. Altfel puteați să fiți în mare dificultate. Coborâți până ajungeți pe drum și apoi nu mai căutați scurtături.

– Mulțumim foarte mult. Nicio grijă, ne-a ajuns scurtătura pe care am ajuns până aici.

Bianca și Sig au plecat ușurați pe drumul care îi ducea la Babno Polje. Sig comenta:

– Am avut noroc că grănicerul nu s-a uitat foarte atent la pașaportul tău. Îmi era teamă că putea să observe că aveai o ștampilă de intrare în Croația și niciuna de ieșire.

– Acum, că ne-a reușit trecerea, ce facem?

– Ajungem într-un loc liniștit, unde nu se mai uită nici un grănicer după noi și îi dau un telefon fratelui meu, să vină cu o mașină și să ne ducă la castelul meu din Spania.

– Ai un castel în Spania?

– Nu-i al meu, e al părinților mei. N-are importanță, poți să vii, fără să-ți fie frică. Vei fi în perfectă siguranță și nu te poate atinge mafia.

După ce au mai parcurs un kilometru pe drumul forestier, Sig a luat telefonul său mobil și i-a telefonat lui Erman, care aflase de la avocat că Sig evadase și era căutat de poliția croată. Frații s-au înțeles să se întâlnească la Ljubljana.

Sig și Bianca au coborât până la Babno Polje unde au găsit un autobuz care să-i ducă la Ljubljana. Sătul de nopțile petrecute în detenție la Zagreb, Sig a vrut să se răsfețe și s-a dus la Grand Hotel Union. Bianca s-a speriat de prețurile camerelor și i-a spus lui Sig că era dispusă să stea în aceeași cameră cu el. Nu știa dacă tot ceea ce îi spusese era adevărat sau dacă era un mitoman; nu credea că a doua alternativă era probabilă, deoarece planificase foarte eficient trecerea ilegală peste frontieră. Pe de altă parte, nu părea să aibă dificultăți financiare. Închiriase o mașină, plătise toate mesele și acum se instala într-un hotel de cinci stele, unde o cameră costa pentru o noapte mai mult decât chiria ei lunară la Bologna. Nu exista nicio îndoială că era cu totul altă categorie de om decât Ricardo.

După ce au văzut camera, pe care Bianca a considerat-o exorbitantă pe când Sig aprecia că era conformă cu așteptările sale, acesta i-a propus să iasă în oraș să-și cumpere niște îmbrăcăminte. Niciunul nu avea vreun bagaj și Sig se plângea că rămăsese în aceleași haine de când fusese arestat; era a doua oară în timpul acestei vacanțe când trebuia să-și cumpere îmbrăcăminte. La recepția hotelului a observat un afiș anunțând un concert al Orchestrei Filarmonice Slovene. Programul cuprindea Mica Serenadă de Mozart, Simfonia Spaniolă de Lalo și Fântânile din Roma de Respighi. Sig a considerat programul ca o ilustrare a situației în care se afla: el avea cetățenia spaniolă, Bianca era italiancă, iar serenada reprezenta legătura care se înfiripa. Nu putea fi o coincidență. După ce, de curând, scăpase de naufragiul de la Skiathos și de detenția din Zagreb, Sig începuse să creadă că soarta îl împingea într-o anume direcție. A întrebat-o pe Bianca:

– Ai avea chef să mergi diseară la un concert simfonic?

– N-am fost la un concert simfonic în viața mea.

– Există un început pentru orice. Dacă nu-ți place, putem pleca la pauză.

– Vreau să mă duc și voi sta până la sfârșit. Poate învăț ceva nou.

– Atunci, hai să ne grăbim și să ne cumpărăm haine. Trebuie să fim bine îmbrăcați, chiar dacă în ziua de azi hoardele de dezbrăcați au început să invadeze și sălile de concert.

Sig a aranjat cu recepția hotelului să facă rost de bilete la concert, dintre cele care erau rezervate pentru turiști, apoi a mers cu Bianca prin diferite magazine pentru cumpărături. Având timp până la începutul concertului, a dus-o la un coafor să-și aranjeze părul și manichiura, pe când el s-a dus la un bărbier să se radă și să se tundă. Îmbrăcați cu noile haine de gală, Bianca și Sig și-au făcut apariția în sala de concerte a filarmonicii. Deși nu știa la ce să se aștepte, Biancăi îi plăcea muzica în general și a ascultat cu atenție. Fiind însă obișnuită cu concertele de muzică populară în care asistența era mai agitată, Bianca a fost mirată de publicul care stătea aproape nemișcat și nu aplauda decât la sfârșitul fiecărei piese.

Necunoscând obiceiurile locale, lui Sig îi era teamă că restaurantele se închideau prea devreme pentru cei doritori să-și ia dineul după ce ieșeau de la concert. Întorcându-se pe jos spre hotel, în speranța ca va găsi un local, a avut norocul să treacă pe lângă restaurantul Makalonca, situat pe malul râului Ljubljanica, deschis până la ora 3 dimineața. Pentru a sărbători evadarea din Croația, Sig a comandat o sticlă de șampanie. Când au ciocnit paharele, Bianca a comentat:

– De când am intrat în Slovenia, parcă am intrat în altă lume. Hotel de lux, haine noi de la firme la care aproape nu îndrăzneam să mă uit în vitrină, un concert simfonic de care abia auzisem, acum acest restaurant extraordinar unde bem șampanie.

– Cred că, după toate greutățile pe care le-ai avut, meriți și tu să schimbi puțin atmosfera.

– Mi-e teamă că e un vis și mi-e frică să mă trezesc.

– A te trezi din vis nu înseamnă neapărat că vei reveni la viața din momentul în care ai adormit.

– Știu că mi-ai spus că putem merge în Spania, unde voi fi apărată de mafia care mă urmărește. Totuși, nu voi putea sta toată viața la părinții tăi. Mai devreme sau mai târziu va trebui să ies să-mi găsesc un rost. Nu pot să-mi duc viața în Europa, decât dacă mă supun cerințelor mafioților. Îmi oferi un răgaz și îți sunt recunoscătoare cu toată inima pentru aceasta. Dar nu am nicio cale de a ieși din încurcătura în care singură m-am băgat.

– Spuneai că vrei să te duci în America.

– Da. Ți-am și spus că am aflat la consulat că obținerea unei aprobări de imigrare este imposibil.

– Imigrarea nu este singurul mod de a intra în Statele Unite. Poți obține o viză de intrare pentru studii sau poți să te măriți cu un american.

– E același lucru. Vreau să studiez medicina, dar știu că în America costul studiilor universitare este excesiv de ridicat. În ceea ce privește a doua alternativă, crezi că poți găsi la orice colț de stradă un american care stă la pândă, căutând o fată cu care să se însoare?

– Ce ai zice dacă ți-aș sugera o soluție care să rezolve simultan ambele deziderate?

– Ce vrei să spui?

– Ce ai spune dacă te-aș cere de nevastă și îți voi promite în același timp să-ți plătesc studiile până îți iei diploma de doctor în medicină?

– Ești serios?

– Cât se poate de serios.

– Tot nu înțeleg de ce vrei să te însori cu mine și pe urmă să mă lași, după ce îmi iau diploma.

– Nu văd de unde ai scos o asemenea ipoteză absurdă.

– Ai spus că mă ții până îmi iau diploma. Ce pot să înțeleg decât că, după aceea, îmi dai drumul pe câmpie?

– Dă-mi voie să reformulez întrebarea: Bianca, vrei să te măriți cu mine și să rămâi nevasta mea și după ce îți termini studiile?

– Dacă îți formulezi cererea astfel, evident că răspunsul meu este da.

– Atunci dă-mi voie să mai comand o sticlă de șampanie.

– Sig, nu sunt obișnuită să beau, chiar sticla pe care am împărțit-o este prea mult. După două sticle nu o să fiu bună de nimic când ajungem la hotel.

– N-are nicio importanță, din moment ce avem toată viața să ne scoatem pârleala.

Epilog

Era începutul după-amiezii când familia Totila s-a strâns în biblioteca din *Castillo del Cid Campeador* de lângă Valencia. Despina și Mihail sosiseră în seara din ajun de la Moscova. Erman, Sig, Carmen și Bianca ajunseseră abia spre sfârșitul dimineții și voiau să știe mai mult decât aflaseră la telefon, când Andra îi anunțase să vină de urgență la Valencia. Andra le dădea ultimele date despre starea lui Al.

– În ultimele zile, de când doctorul i-a prescris medicamente mai puternice, Al s-a mai liniștit. Doctorul a spus că, în starea în care este Al, este important să se aline durerile și nu se mai pune problema unor efecte secundare negative. Cred că ele au totuși un efect asupra stării sale mentale. Există momente când este foarte normal, dar foarte frecvent se retrage într-o lume a lui, pe care nu o cunosc decât din legendele familiei. Se concentrează asupra trecutului familiei Totila, ca și cum ar trăi și el în diferite epoci istorice. Medicamentele îl fac să doarmă mult, dar după ce se trezește, își dă iar seama de realitatea din jurul său, fiind conștient și de starea sa. Aceste oscilații sunt greu de urmărit; important este însă că nu mai suferă.

– Când putem să-l vedem?

– Cât de curând. Ieri, i-am telefonat cardinalului Cañizares[36], rugându-l să delege pe cineva să-i administreze ultimele rituri. Acum peste o oră a venit aici monseniorul Da Silva, care este acum cu Al. Nu înțeleg de ce ține atât de mult, când a venit, monseniorul mi-a spus că totul nu va dura decât o jumătate de oră.

Andra n-a dat mai multe detalii, pentru că monseniorul Da Silva tocmai a intrat în bibliotecă.

– Monsenior, începusem să mă îngrijorez. Ați întâmpinat dificultăți?

– Ducesă, depinde de ce înțelegeți prin dificultăți. Am avut o mică controversă de ordin teologic. Principele Totila este într-adevăr un om excepțional. Nu era doar perfect conștient, dar era greu de convins.

– Despre ce controversă putea fi vorba în asemenea momente?

– Înainte de a începe, principele m-a atenționat că, deși modul de administrare a ultimelor rituri fusese modificat de Conciliul Vatican II, îmi cerea să le administrez în modul tradițional. Era împotriva modernizărilor introduse de acest conciliu, care contraveneau tradițiilor familiei Totila, respectate încă de pe vremea ostrogoților. I-am explicat că aceasta era perfect posibil conform scrisorii apostolice „Summorum Pontificum"[37] a Sfântului Părinte Benedict XVI. Dar nu puteam să-i dau absoluția, dacă își menținea atitudinea critică împotriva Vaticanului. Am avut nevoie de timp ca să-l conving să cedeze cât de cât.

---

[36] Antonio Cañizares Llovera, cardinal spaniol, arhiepiscop de Valencia (2014-2022).

[37] Scrisoarea apostolică *Summorum Pontificum* a fost emisă de papa Benedict XVI pe 7 iulie 2007 și a intrat în vigoare pe 14 iulie 2007. Scrisoarea preciza condițiile în care preoții catolici puteau administra sfintele sacramente în forma anterioară schimbărilor liturgice introduse de Conciliul Vatican II.

– Monsenior, vă mulțumesc pentru strădania pe care ați depus-o.

– Fiica mea, acesta este rolul bisericii. Sunt mulțumit că am reușit să salvez un suflet. Dar îmi mențin părerea că era un om ieșit din comun.

După plecarea monseniorului Da Silva, Andra și restul familiei s-au dus în dormitorul lui Al. Acesta părea adormit rezemat de pernele de la capul patului. Peste cinci minute, a redeschis ochii și s-a uitat la membrii familiei care se aliniaseră în jurul patului. Părea lucid, deși vorbea foarte încet:

– Mă bucur că ați putut veni cu toții. Acum, după ce am încheiat socotelile cu Dumnezeu, poate că mai am puțin timp să vă spun câteva cuvinte. Când te apropii de sfârșit, te apropii și de rădăcinile pe care le ai și pe care nu le-ai mai evocat de multă vreme. Vechii goți aveau o speranță, pe care am avut-o și eu, cea de a atinge cândva insula Thule. Era o insulă mitică, situată departe la nord. Nu era o insulă tropicală luxuriantă și lascivă, ci o insulă cristalină și curată, în care erau ajungeau doar oamenii de caracter, care dovediseră că prețuiau valorile adevărate, cum sunt statornicia, apărarea onoarei sau respectarea cuvântului dat, valori care definesc însușirile morale fundamentale ale unei persoane. Nu tot ce prezintă diferiți oratori de duzină din ziua de azi ca valori tradiționale.

Al s-a întrerupt pentru o clipă, în aparență enervat. A reușit să se stăpânească și apoi a continuat:

– Nu poți realiza aceasta singur. Datorită Andrei, eu am reușit să ating această insulă a fericirii. Mă bucură că și voi ați început să navigați spre insula Thule. Vă rog să veniți pe rând lângă mine, să vă văd pentru ultima oară.

Erman cu Carmen, care stăteau lângă marginea patului, s-au apropiat întâi.

– Sper că tu, Erman, vei reuși să desăvârșești cu Carmen călătoria pe care o începusem cu bunica ei, Montserrat și care s-a terminat cu un naufragiu. Mă bucură că legătura dintre familia mea și familia de Villareal, de care îmi amintesc cu afecțiune, nu este ruptă pe vecie.

Apoi s-au apropiat Sig și Bianca, așteptând gândurile de rămas-bun ale lui Al:

– Îți doresc, Sig, să-ți fie de bun augur întoarcerea, alături de Bianca, la originile îndepărtate ale familiei noastre, care se trage din căsătoria regelui ostrogot Totila cu o femeie romană. Sper să fiți fericiți și să reușiți să aduceți titlul de principe de Italia înapoi în țara unde s-a ivit, acum un mileniu și jumătate.

În cele din urmă, au venit la căpătâiul patului Despina și cu Mihail:

– Tu, Despina, ai fost atrasă de memoria strămoșilor noștri îndepărtați, care, înainte de a înființa regatul Italiei, se stabiliseră în sudul Rusiei de azi. Ai hotărât să revii în aceste pământuri strămoșești și să te legi de un descendent al Gediminilor. Aveți calitățile necesare să aveți succes în teritoriile la care aveți dreptul, indiferent de cum s-a schimbat hegemonia asupra lor în decursul mileniilor.

Al s-a oprit apoi și le-a spus tuturor:

– Nu uitați niciodată destinația voastră finală; insula Thule, unde ajung cei care au tăria de caracter necesară. Dumnezeu să vă binecuvânteze și să vă îndrepte mereu spre calea cea bună.

Al s-a oprit încă o dată, respirând greu. Apoi s-a îndreptat spre Andra:

– Andra, ție îți datorez tot ce mi s-a întâmplat bun în viață. Te-am simțit totdeauna aproape de mine, dar niciodată ca în această clipă când, fără să am posibilitatea de a mă împotrivi, trebuie să te părăsesc. Mai am o singură rugăminte. Pune-mi, te rog, discul cu imnul, ca să-l ascult când îmi dau sufletul.

– Ce imn, Al?

– Imnul dinastiei Totila, Andra.

Andra a început să plângă. Își aducea aminte de prima oară când ascultase imnul la televizor: era vânzătoare la Bucur Obor și tocmai aflase cine era bărbatul cu care acceptase să se mărite. S-a dus la standul unde se țineau discurile preferate ale lui Al, pe care acesta voia să le asculte din când în când, în timpul bolii care îl țintuise în pat. Lacrimile o împiedicau să citească etichetele, dar Andra intuia că nu avea mult timp. Tocmai găsise discul când Al, care stătea în pat rezemat de perne a scos un țipăt de durere și apoi și-a ridicat corpul strigând:

– Auf, Goten, laßt uns sterben![38]

După care a căzut pe spate și a închis ochii. Majoritatea celor prezenți nu au înțeles și au privit întrebător spre Andra, care le-a șoptit:

– Acum multă vreme, Al mi-a spus că era strigătul de luptă al ostrogoților.

După ce a început melodia, Andra s-a așezat pe pat lângă Al, ținându-i una din mâini. În momentul în care a auzit primele acorduri ale imnului, Al a mișcat ușor pleoapele, făcând-o pe Andra să înțeleagă că îi mulțumea. În liniștea dormitorului, nu se auzeau decât versurile imnului dinastiei Totila.

Gebt Raum, ihr Völker, unserm Schritt
wir sind die letzten Goten!
Wir tragen keine Krone mit,
wir tragen einen Toten.
Mit Schild an Schild und Speer an Speer,
ziehen wir nach Nordlands Winden,
bis wir im fernsten grauen Meer
die Insel Thule finden.
Das soll der Treue Insel sein…[39]

[38] Sculați-vă, goți!, haideți să murim! (în limba germană)

[39] Popoare, deschideți-ne calea! Suntem ultimii dintre goți. Nu purtăm cu noi o coroană, purtăm cu noi un mort. Scut lângă scut, lance lângă lance, pornim, duși de vânturile din țara nordului, până când, în marea cenușie îndepărtată, vom găsi insula Thule. Aceasta ar fi insula statorniciei…

La sfârșitul acestui vers Andra a simțit o slabă zvâcnire a unuia din degetele lui Al, după care mâna a rămas complet nemișcată. Într-un hohot de plâns, Andra s-a prăvălit cu capul pe pieptul lui Al, pe când în cameră răsunau ultimele versuri ale imnului dinastiei Totila:

...dort gilt noch Eid und Ehre.
Dort senken wir den König ein
Im Sarg der Eichenspeere.[40]

[40] ... unde mai dăinuie jurămintele și onoarea. Acolo ne îngropăm regele, într-un sicriu format din lăncile noastre de stejar.

Cuprins

Editura VREMEA
Str. Constantin Daniel, nr. 14
010631, sector 1
București

Răspundem la telefon: 021 335 81 31
Scrieți-ne pe e-mail: office@edituravremea.ro
Noutăți și recomandări: www.facebook.com/editura.vremea

Reduceri de preț și promoții: www.edituravremea.ro

La prețul de vânzare se adaugă 2%,
reprezentând valoarea timbrului literar ce se virează
în contul Asociației Române a Creatorilor Culturali
și Artiștilor (A.R.C.C.A.), deschis la B.C.R. Sector 1, București,
cu nr. RO43 RNCB 0072 0497 1081 0001